Ernest Hemingway

y los muchachos del barrio

Alfredo A. Ballester

www.publicacionesentrelineas.com

Ernest Hemingway
y los muchachos del barrio

Primera edición, 2014

Diseño interior, edición y
diseño de cubierta:
Pedro Pablo Pérez Santiesteban

Montaje de imagen de cubierta
y fotografía de contracubierta: Ana M. Rizo.

© Alfredo A. Ballester, 2014
© Publicaciones Entre Líneas, 2014

ISBN: 978-1502359902

www.publicacionesentrelineas.com

*"Como escritor he hablado demasiado.
Un escritor debe escribir
lo que tiene que decir y no decirlo"*

ERNEST HEMINGWAY

"Aquellos que se creen tener la verdad absoluta,
solo viven en su gran mentira.
Lo triste de esto es que su única verdad
es que se lo creen"

ALFREDO A. BALLESTER

"Sigan escribiendo. Alguien tiene que contar esta
historia; si tienen las agallas de pensar o de inspirarse,
sigan escribiendo, señores"

ERNEST HEMINGWAY

"Para escribir sobre la vida, ¡primero hay que vivirla!"

ERNEST HEMINGWAY

Dedicatoria

A mis amigos de la infancia, que vivimos esos momentos que aún no olvido 55 años después; a ellos que andan dispersos por ahí. Hasta hoy no he podido localizar a ninguno, principalmente a Manolito y a Luisito, ojalá este libro logre nuestra comunicación.

Agradecimientos

Primeramente a Violeta Barrios, por patrocinar la parte monetaria de la edición de este libro, sin ésta colaboración sería imposible su publicación.

A la contribución de fotografías de Graciela Rey, Rafael González Ballester, y a los hermanos Raysa D, Alina y Carlos Manuel Peña Palacios, estos tres últimos quienes viajaron hasta la finca Vigía para hacerlas, por dentro y por fuera del Museo en Cuba. A Otto N. Espino, no solo por éstas, tomadas recientemente en Cayo Hueso, también por los testimonios ofrecidos a través de conversaciones que sostuvo con el Capitán Brown (Harcourt Brown), la persona más allegada a Ernest Hemingway en la Isla Bimini, y curiosidades de la época. También a Ana M. Rizo, por el montaje de fotos del interior del libro, así como para la cubierta y contracubierta.

Introducción

Ha pasado más de medio siglo, y basándome en varios pensamientos de Ernest Hemingway, por fin los tomo muy en serio, llegando a la siguiente conclusión:

Primero, *"he vivido la vida como para poder escribirla"*. Segundo, *"como escritor no debo seguir diciendo lo que he dicho y debo escribir lo que tengo que decir"*. Y tercero, *"me inspiro porque creo que ese alguien que debe tener las suficientes agallas de pensar para contar esta historia y seguir escribiendo, ese soy yo"*.

Lo que he escrito, en este libro, primeramente es una novela en la cual atestiguo la realidad de algunos de mis años infantiles. También incluyo algunos testimonios de personas con la suficiente credibilidad, donde se respeta la veracidad de los hechos ocurridos en aquellos años, por lo que éstos, componen parte del contexto de la novela. Así como una segunda parte del libro, resumiendo temas relacionados a Ernest Hemingway, testimonios y curiosidades de la época, entrevista al escritor, errores y mentiras sobre Hemingway, sus temores, pensamientos y obras del mismo.

Los personajes son reales, con sus nombres verdaderos, incluyéndome a mí.

Mi experiencia de aquellos años 1956-1961, me dio la lección de que todos los seres humanos somos iguales, que la humanidad a veces da categoría de excepcionales a algunos, que se destacan por sus habilidades en la vida, y no estoy en contra de clasificaciones merecidas o no, pero sí aprendí, que conocer a una persona en su forma empírica, sin saber su pasado o presente, sea bueno o malo, nos da la medida de poder evaluar individualmente a cada uno, por cada uno de nosotros. Y es el caso de este "señor alto, corpulento, canoso de cabellos y barba".

Tuve la experiencia de conocer sin saberlo, a un célebre hombre de las letras, también de los deportes de la pesca y la caza. En el momento de conocerlo no era más que lo que era en realidad para mí: "un simple viejo barbudo y canoso".

No pretendo relatar la vida de Ernest Hemingway, se ha escrito suficiente sobre este escritor Premio Nobel de Literatura del año 1954, pero es imposible, para quien escriba algo relacionado con este sobresaliente escritor, pasar por alto su vida, su obra, su personalidad, desenvueltas en la lucha entre la vida y la muerte, el triunfo de la victoria sobre la derrota.

Mi objetivo es dar a conocer como persona, algunas experiencias vividas de mi parte, y de otros muchachos, con este señor, que también fuimos parte de la vida de él y, por qué no, que los demás puedan conocerla o ser recordada por aquellos que hace más de medio siglo disfrutaron, como yo, esas aventuras, travesuras y experimentar que un hombre ya cerca de los 60 años de edad, pudiera mantener un alma de niño como la tuvo Hemingway.

Lo recuerdo más como cazador, independientemente como al hombre al que le robé sus mangos.

Si de algo nos hablaba era de sus cacerías, es posible que él supiera, que si nos hablaba de sus escritos como corresponsal de guerra o de sus libros ya publicados para entonces, incluyendo *El viejo y el mar,* el cual le proporcionó dicho premio Nobel, claro, ya había acumulado libros estrellas como *Adiós a las armas, Por quién doblan las campanas, Las nieves del Kilimanjaro,* y otros más, dentro de los cuales de una forma u otra el mismo autor manifiesta su personalidad, si nos hubiera hablado de eso, a nuestra edad, no le hubiésemos prestado atención; en esos momentos, no comprenderíamos de guerras, periodismo, romances, etc.

Quizás deba significar algunas etapas relevantes de su vida, incluyendo alguna sinopsis de sus obras, porque existe la posibilidad que alguna nueva generación no conozca de ellas y sería muy bueno que este libro, que escribí, inspire, abra el deseo de algún joven, a conocer excelentes obras y saber de la vida de un hombre, que su final no fue natural, propiamente: "se la quitó".

En mi primer libro *Memorias de Abecedario*, en el capitulo XI: *¿qué compartí con Hemingway?* (pág. 261-268), narro algunas de las experiencias vividas de las cuales doy lujo de detalle en este presente libro que podrán disfrutar amenamente.

"Conocer a un hombre y conocer lo que tiene dentro de su cabeza, son asuntos diferentes" expresó Ernest Hemingway y ciertamente cuando lo *"conocí"* personalmente, siendo aún un niño, entre los 7 y 11 años de edad, no conocí *"lo que tenía en su cabeza"* llegando a la conclusión, después de pasado los años, que él tenía razón, cuando expresó, al pronunciar su discurso de aceptación al Premio Nobel de Literatura en 1954, que:

"Como *escritor he hablado demasiado .Un escritor debe escribir lo que tiene que decir y no decirlo."* Digo esto, porque llevo unos 55 años contando por ahí mis experiencias vividas, con este ilustre escritor norteamericano; claro, cuando yo lo conocí, junto a otros muchachos más, era él como ya destaqué, un " señor mayor de edad con barba y cabellos blancos", tal como hoy en día los tengo yo, con la diferencia que ya cabellos casi apenas tengo. Mi edad sobrepasa algo a la de Hemingway al morir.

Cada persona tiene su propia personalidad, bien de nacimiento o influenciada por el medio donde se desarrolla su intelecto, aceptando culturas, costumbres, que pueden hacerles hasta comer un hueso lleno de gusanos, como hacen los esquimales, siendo su manjar preferido. O hasta te brindan a su pareja para reír con ella (hacer sexo) y si la desprecias te matan (*libro "El país de las sombras largas"*, escrito por el suizo Hanz Ruesch, 1950).

Entonces, no debemos andar por ahí opinando, basado en nuestras propias costumbres. Dejemos al mundo tranquilo, siempre que haya Paz y Felicidad, si éstas no existen, entonces pongamos músculos para lograrlo.

Andar por ahí, sobre todo difamando, sin saber qué se dice, es algo indigno y más cuando ya la persona no está presente para tener el derecho a defenderse.

En este libro, repito una vez más, encontrarán mis vivencias con Hemingway, su finca y sus mangos, pero también a algunos de quienes lo han cuestionado solo por, creerse ellos que pueden lograr hacer ver que saben más que nadie, falseando la verdad con tal de creer que ganarán puntos, aumentar su reputación y solo logran perder credibilidad ante el mundo intelectual y académico.

El ejemplo más significativo, de lo antes dicho, también está en mi primer libro (*Memorias de Abecedario*) en el Capítulo VIII: "*Hemingway en Cuba*, fatal error de Norberto Fuentes" (pag.226-230), del escritor cubano Norberto Fuentes, que cuestiona el ideario martiano de Ernest Hemingway, al decir que era preocupante que en el inventario de la finca Vigía, no apareció ni un solo tomo de los 28 de las "Obras Completas de José Martí". No sé cómo podría tener ese tomo, cuando se editan en el año 1963 y Hemingway muere en 1961; pero además, el prólogo lo hizo el escritor Premio Nobel de Literatura Gabriel García Márquez, lo que pone en duda los conocimientos de ellos dos, al no darse cuenta de ese error cronológico.

Se ha hablado y escrito mucho de Hemingway: que si era un borracho, mujeriego, deprimido, bipolar, machista, belicoso, aventurero, que sirvió al FBI en la ubicación de submarinos alemanes en el mar Caribe, para disfrutar de ciertos privilegios que no podían tener otros pescadores en sus barcos, pero como en la vida hay contra y pro , también se ha dicho que fue un buen amigo, llegando a poner tan en alto la literatura norteamericana en el mundo de las letras, que además de los Premios Pulitzer y Nobel de Literatura, fue nombrado *"El Dios de Bronce de la Literatura Norteamericana"*.

Y yo puedo ratificar lo que han dicho otros:

El "americano" que vivió en la casa donde robábamos mangos, llegó a ser un amigo de nosotros, de aquellos niños que apenas llegábamos a los 10 o 15 años de edad, siendo cierto lo que dijo siempre: "su finca sería el hogar de todos los muchachos del barrio".

ALFREDO A. BALLESTER

A modo de prólogo...

A veces, al escuchar hablar sobre diferentes personalidades, en cualquier esfera de la vida, nos hacemos la imagen de lo que puede resultar inalcanzable para nosotros los comunes, o seres que no hemos tenido el don de trascender. Sin embargo, un libro, puede ser capaz de hacernos ver cuán equivocados estamos, al pensar que esas personalidades pueden ser inaccesibles, y eso es lo que logra el escritor e historiador cubano Alfredo A. Ballester, con esta obra: *Ernest Hemingway y los muchachos del barrio*.

Sin dudas, que Ballester acertó al traernos la historia de su infancia y de sus amigos de aquella época, junto a una de las figuras cimeras de la literatura universal, el escritor americano Ernest Hemingway, y digo que acertó, porque logra con creces, humanizar de manera espontánea, a este intelectual que resultó Premio Nobel de Literatura. Pero no solo el autor de este libro, logra contarnos sus anécdotas con el afamado escritor, mientras él, junto a los muchachos del barrio, usurpaba jugosos mangos de la finca de Hemingway. También Ballester abre las puertas a la conciencia de la buena relación padre e hijo, a través de la intimidad con su progenitor.

Lecciones de vida, diría yo, se encuentran en las páginas de este peculiar libro, que además cuenta al final del mismo, con una galería de imágenes que tiene también de forma gráfica, parte de esta historia.

Alfredo, nos lleva de la mano por los amplios y recónditos pasillos de la casa, de la finca Vigía, lugar donde se desarrollan los mayores acontecimientos de esta historia, para acercarnos un poco más a pasajes de la vida de Hemingway; sus gustos, sus aficiones, sus fábulas, y todo aquello que desde la inocencia de unos niños, resultaba incomprensible, al punto de descubrir con asombro, cuando ya la infancia los abandonara, que un día estuvieron muy cerca de una leyenda de la literatura mundial.

Si algo debo destacar, además del valor incalculable de la historia que Alfredo nos cuenta, al permitirnos romper la intimidad de un personaje universal, es las lecciones de educación que un padre trasmite a su hijo, guiándolo así por los principios, que luego lo convertiría en un hombre de bien. Lecciones que el padre de Alfredo le diera en su niñez, y que hoy el escritor, deja como enseñanza de valores a las nuevas generaciones.

Una segunda parte de este libro, refleja diferentes anécdotas y apreciaciones sobre momentos de la vida de Hemingway, y de su personalidad, así como un resumen de las obras que le fueron publicadas al Premio Nobel de Literatura, durante su trayectoria literaria. Otro aspecto, que se muestra en esta parte final del libro, es el desacuerdo de Ballester, con algunos puntos de vistas, dado por otros escritores que han escrito o prologado libros sobre la vida del eminente escritor americano, así como sobre algunas publicaciones en sitios de Internet.

El resumen de este libro: *Ernest Hemingway y los muchachos del barrio*, en mi criterio muy personal, abarca dos importantes aspectos. El primero: el excelente modo en el que está escrito, donde cualquier pretensión literaria, cede su espacio a la magia e inocencia de la historia. Y segundo: que es de una valía considerable, al dejarnos transitar por los claros y oscuros caminos, del hombre que un día distinguió en la distancia del azul horizonte… a *El viejo y el mar*…

PEDRO PABLO PÉREZ SANTIESTEBAN [AWA]
Publicaciones Entre líneas

Ernest Hemigway
y los muchachos del barrio

*Ernest Miller Hemingway, nació en Oak Park, Illinois,
Estados Unidos, el 21 de de julio de 1899 y murió en Ketchum,
Idaho, el 2 de julio de 1961.
Fue un escritor y periodista estadounidense, y uno de los
principales novelistas y cuentistas del siglo XX.*

Alfredo A. [22] Ballester

Algo caliente corría por una de mis piernas, un temblor en todo mi cuerpo me hacía imaginar que sufría de un sueño de esos, a los cuales llamamos pesadilla y nada mejor que poder despertar, para ver que todo era irrealidad. Aumentaba el fluido, me estaba orinando involuntariamente, causado por el miedo.

—¡Viene un hombre por ahí y con un palo en la mano!—susurró Manolito.

Cuando escuché el aviso de mi amiguito, me di cuenta que ya me lo había dicho, pero estaba en el letargo de ese miedo insuperable, que no deja retomar el control de uno.

—¿Por dónde? —pregunté, después de lograr articular mi boca y pudieran salir palabras.

Luisito ni se había percatado que se acercaba alguien a nosotros, yo tampoco lo hubiera hecho si no es que mi amigo me avisa.

—¡Coñooo, míralo ahí Alfredito! —me dijo.
—¡Ustedes me dijeron que no había problemas en coger mangos aquí en esta finca!—le dije a ellos.
—Es verdad, nunca alguien se apareció—dijo Manolito.

No tuvimos tiempo ni de bajar de los árboles, de haberlo logrado hubiéramos escapado corriendo. Fuimos sorprendidos robando mangos, por "un hombre alto, corpulento, canoso de cabellos y barba", y sí traía un palo en una de sus manos.

Nos encontrábamos en una situación bien crítica, subidos en árboles donde la única opción, sin escapatoria, era descender y presentarnos, para dar cuenta de lo que estábamos haciendo.

Imaginaba a mi padre enterándose de lo que estaba ocurriendo, y esto hizo aumentar mi temor.

Se dirigió a nosotros diciendo algo que no entendí.

—¿Qué dijo?—les pregunté a mis amigos.
—No sé —dijo Manolito—, no entiendo lo que dice, ¡yo me voy a tirar y a mandar a correr!
—¿Cómo vamos a salir corriendo, si él está ya aquí debajo de nosotros?—le dije.
—Solo podrá atrapar a uno —expresó Manolito. Luisito ni hablaba y yo no podría ni correr estaba paralizado.

El temor aumentaba más, al no entender lo que el hombre hablaba, mientras tanto yo seguía sintiendo correr el orine por mi pierna, estaba a punto de defecarme. Su lenguaje era raro y al escuchar su pedido no lo entendí, solo cuando hizo un gesto con la mano, de arriba hacia abajo, comprendí que estaba ordenando que bajáramos.

Su pedido fue imperativo, pero a la vez dócil. Yo miré a los demás esperando que alguien descendiera antes que yo, porque no quería ser el primero en recibir un garrotazo. Fue la primera vez en mi vida que me sentí atrapado. El orine había llegado hasta dentro de uno de mis zapatos. Miré y al parecer fui el único que había sufrido la orinadera, ¿sería qué ellos eran más valientes que yo?

El tiempo estaba como detenido, tuve deseos de estar en mi casa durmiendo o correteando por el barrio, fue como un siglo esperando, a ver quién se decidía a bajar ante semejante personaje que inspiraba mucho miedo, y más que acababa de darme cuenta que estaba robando, en una finca.

Su mirada era como la de un león acechando, seguro de su presa sin escapatoria. Ese palo en la mano, que usaba de la misma forma como utilizan los pastores cuando llevan a su rebaño a comer, al menos yo, lo consideré ya sobre mi cabeza. Quizás lo usaba como punto de apoyo, pero en realidad en ese momento lo consideré como un arma agresiva.

Claro, a esa edad, aproximadamente de 7 a 11 años (no puedo precisar con exactitud mi edad) uno no tiene tanto sentido del peligro; pero sí del miedo, pero yo sí lo experimenté como si tuviera la edad actual.

Los mangos que habíamos cogido estaban en el suelo, según los alcanzábamos del árbol, los dejábamos caer, para después comer una vez debajo de las matas, porque ni idea tuvimos de llevárnoslo a la casa. No sé por qué se nos ocurrió subir, cuando en el piso había mangos suficientes para comer.

Ese día habíamos entrado a la finca tres muchachos, fue mi primera vez. Manolito me invitó a ir, éste y Luisito, también estaban conmigo, vivían en la localidad de San Francisco de Paula, y yo en el Cotorro.

Estudiábamos en el nivel primario, por los años 1957-60, en el antiguo Colegio Santana, ubicado en la Carretera Central o Calzada de Güines, en un bajío que estaba al lado de los famosos Panecitos de San Francisco; únicos, pues a pesar de muchos intentos en otros países de producirlos, jamás han logrado hacerlos iguales. Tampoco lo han logrado con los famosos panques de Jamaica, que por 10 centavos podías comer uno de estos deliciosos dulces. Establecimiento ubicado en la entrada del pueblo que lleva ese nombre, entre las localidades del Cotorro y

San José de Las Lajas. Lugar al que íbamos en ocasiones para disfrutar de ellos además de leche con chocolate.

Podría decir que viví esa experiencia, en los meses de mayo a julio, pues ese período de lluvia, es la época propicia para la temporada de mangos.

—Bajen, por favor —repitió el señor.
—Ahora si entendí que pide que bajemos de los árboles —le dije a Manolito.

En ese momento deseaba ser un mono para escapar de rama en rama. Estaba tan turbado por la situación de sentirme atrapado, que cuando bajé de la mata, pensé que era el primero en hacerlo, pero resultó que fui el último en descender.

El señor se acercó a nosotros, yo temblaba. No sé mis amigos, me imagino que sí, aunque en esos momentos no podía pensar en otra cosa que no fuera en mí.

—Lo primero que van hacer es recoger los mangos —dijo el señor.

Luisito estaba más blanco que un papel. Manolito a punto de salir corriendo y yo estático. No tardamos en cumplir su orden, y recogimos todos los mangos que habían por el piso, los que habíamos tumbados y todos los demás, incluyendo hasta los que estaban en mal estado, era como si hubiésemos querido dejar brillando la tierra.

—Gracias por recogerme los mangos, pues yo ya a esta edad no puedo subir a esos árboles.

Su acento raro al hablar y el nerviosismo, me tuvieron fuera de control, quise ya salir de aquella situación. Ni idea tuve por qué hablaba así, mis conocimientos de idiomas y de saber de otros países eran bien pocos.

—Pueden comer todos los mangos que quieran, pero dejen mi parte separada, y no quiero que se lleven ni uno solo, porque sería un robo, y es muy feo que desde niño aprendan a robar —nos dijo y concluyó—, el que quiera comer mangos de mis árboles tiene que entrar por allí —señalando la puerta principal de la entrada a la finca—. ¿Tienen hermanos?—nos preguntó.
—Sí —respondimos casi al unísono.
—Pueden llevarles mangos a ellos, pero no los traigan acá, a menos que entren por la puerta que les indiqué, porque el brincar la cerca es peligroso y me sentiría culpable si se dañan al hacerlo, ustedes tampoco lo hagan más, ya saben por dónde entrar —enfatizó—, tampoco quiero a nadie arriba de los árboles y mucho menos tirarle piedras a las frutas.

Apenas entendíamos lo que decía, solo cuando hablaba despacio podíamos comprender qué quería decirnos. Con sus palabras nos sentimos aliviado, pero mi pantalón y zapato seguían mojados por el orine.

—¿Ustedes van a llevar mangos para su casa?—pregunté a mis amiguitos.
—Yo, solo dos o tres, para mi mamá y hermana —contestó Manolito.
—Yo no —dijo Luisito.
—Entonces espérenme aquí, traigo nuestras maletas, y tú Luisito, me guardas los cuadernos para yo llevar mangos a mis hermanos y padres —así le dije.

Fui corriendo a buscarlas donde las habíamos dejado ocultas, y recogí las tres. Luisito guardó mis útiles y yo eché unos mangos en la mía, Manolito hizo lo mismo.

De pronto, recordé que el ómnibus que me regresaría a casa, ya seguro había partido. Sabía que tenía un segundo problema, con mis padres. Sentí pena tener que salir así a la calle y regresar al colegio con el pantalón mojado.

En esta ocasión estábamos escapados, y pensábamos regresar muy rápido, para yo poder tomar el transporte escolar, pero dado todo lo acontecido, cuando llegué al colegio, acompañado por mis amigos, a quien vi fue a mi padre, que había sido llamado por la directiva del colegio al ver que yo no estaba a la hora requerida. Para más fatalidad yo era el único que tomaría el ómnibus, los demás niños vivían muy cerca del centro escolar. Yo, como ya dije, vivía en el Cotorro, a unos 15 minutos de la escuela, considerando las paradas para dejar a otros estudiantes en sus casas.

Mi padre, de muy buenos sentimientos pero de carácter disciplinario, me pidió razones y cuando le explicaba me interrumpió.

—¿Saben a quién le robaron los mangos?
—No —le contesté.
—Al escritor norteamericano Ernest Hemingway, Premio Nobel de Literatura.
Yo ni idea tuve de quién era, ni lo qué era.
—¿Premio Nobel, qué es eso?—pregunté.
—Es el mayor premio que se le otorga a un escritor a nivel mundial —me dijo y continuó—, he leído varias obras escritas

por él, sobre su vida, la historia de la finca Vigía, su yate Pilar, los torneos de pescas y sus caserías.

Pues le había robado a un hombre famoso, conocido internacionalmente —pensé—. Por supuesto que eso no me hubiera atrevido a decírselo a mi padre.

Este era el segundo incidente en mi vida de coger lo que no era mío. Me vino a la mente la primera mala experiencia, cuando por allá donde vivíamos, corté un racimo de plátanos que daba para la calle y lo llevé a casa; mi padre, al verlo me miró y lo que me dijo no lo he olvidado todavía.

—¿Y ese racimo de plátano, de dónde lo sacaste? —preguntó mi padre.
—Papá, como daba para afuera de la casa, dicen que es de cualquiera y por eso lo traje —así le expliqué.

Mi padre fue al armario, cogió un perchero de alambre y comenzó a ponerlo de forma recta, pensé que me daría con éste. Luego amarró el racimo e hizo un gancho en uno de sus extremos.
—Ponte al hombro el racimo y vamos a donde lo cortaste —me ordenó.

Como siempre, obedecí a mi padre. Llegamos al lugar y tuve que poner un tanque de basura para subirme en él, y alcanzar la parte más alta del tronco, mientras mi padre me ayudaba a subirlo y yo amarrarlo. Una vez realizado esto me bajé.

—¿Tú sembraste esa mata?—me preguntó.
—No, papá —le contesté apenado, delante de algunas personas que observaban.

—¡Bien hecho!, para que aprenda a no coger lo que no es suyo — dijo alguien de los que miraban. Haciendo aumentar mi vergüenza.

—Entonces no tienes ningún derecho a coger sus frutos —dijo mi padre.

Mi padre pidió disculpas en el colegio y les agradeció el aviso de que yo no estaba a la hora de salir el ómnibus.

En el regreso a casa, mi padre me iba regañando por haberme escapado del área escolar, y me dijo que iba a pedir una entrevista con el director del colegio, para que le explicaran cómo pueden perder de vista a los niños y cómo pueden abandonar el área de la escuela sin percatarse de ello.

—¿Y a ti qué te pasó? —me preguntó mi padre.

—Ya te expliqué, me sorprendieron cogiendo mangos en la finca.

—Eso ya lo sé, y no quise preguntarte delante de todos, aunque creo que también se hayan percatado igual que yo, te orinaste en los pantalones ¿y eso?

—Del susto, pensé me romperían la cabeza.

—Por lo menos tienes un poco de vergüenza.

Y como si estuviera leyendo mi pensamiento, me recordó lo que yo acababa de pensar.

—Parece no te fue suficiente la lección de aquellos plátanos.

—Papá, mis amiguitos me invitaron.

—Entonces, eso quiere decir que si ellos te dicen tírate de cabeza a un pozo, te tiras.

—Si me lo dicen no lo hago.

—Entonces, sabes lo que te conviene, lo bueno de lo malo.

—Pero si ellos se tiran yo me tiro.

Mi padre me miró con cara de no buen amigo, yo bajé la cabeza y no pronuncié una palabra más, de vez en cuando me miraba de reojo.

Transcurrieron unos días, pedí permiso a mis padres para ir a comer mangos a la finca del "americano", ya que ese señor, al que empezamos a llamarlo así, nos había autorizado, siempre y cuando entráramos por la puerta principal.

—¿Por qué tienes que ir tan lejos, si acá en el barrio hay matas de mangos?—me preguntó mi padre.

—Es que allá hay mucha variedad.

—No, mejor ve por aquí cerca.

No me quedó otra alternativa que obedecer, y decidí ir a un reparto que está al lado de donde yo vivía.

Ciertamente, yo acostumbraba a comer mangos relativamente cerca de mi casa, tal como me estaba diciendo mi padre. La finca Vigía, me quedaba muy cercana al colegio donde estudiaba, pero desde mi casa a ese lugar si estaba lejos. No la conocía, pero mis amigos me hablaban de ella y mis demás condiscípulos también comentaban sobre el lugar.

Manolito y Luisito habían visitado la finca anteriormente, aunque no con tanta frecuencia y me estaban invitando.

—¿Cuándo vas a ir con nosotros a coger mangos, en esa finca que queda cerca? —me preguntó Manolito.

—No sé, para hacerlo tengo que ir muy rápido, porque perdería el transporte de la escuela, ustedes viven cerca pero yo no.

—Vamos y viramos rápido —dijo Luisito.

—Está bien vamos mañana —destaqué.

Yo creía que todo era como las arboledas a las que acostumbraba a ir, que eran lugares abiertos, sin dueños y sin el peligro de buscarme problemas, y con esa idea fui con ellos. Pero se dio el caso y ya había pasado el mal rato.

Claro, cuando llegamos a la valla que marca la propiedad de la finca, si me había extrañado que tuviéramos que brincar y no entrar por una puerta. Recuerdo lo que conversé con mis amiguitos.

—¿Y por qué hay que brincar, no hay por dónde entrar? —pregunté.

—La puerta queda muy lejos, todos brincamos por esta zona-dijo Manolito.

—No hemos venido muchas veces, otros muchachos si están siempre por aquí y nunca ha habido problemas ¿tienes miedo? —expuso Luisito.

Cuando uno tiene esa edad, aunque tenga miedo no lo dice y toma riesgos, con tal de que los demás amigos vean a uno con valentía, y más cuando estás en otro barrio que se vive cierta competencia.

—¡Claro que no tengo miedo! —dije.

Y así fue como entré por primera vez a la finca del "americano" y de tan valentón que me hice, fui el único que se dio tremenda meada.

Obedeciendo lo que mi padre me dijo, y ante la negativa de poder ir a San Francisco de Paula, pensé entonces, a dónde ir a comer mangos.

Muy cerca de mi casa había matas de mangos. En el reparto Cruz Verde, existía un mangar inmenso, tan grande como el de la finca del "americano". Siempre allí visitábamos muchos niños, pero una vez amaneció un hombre ahorcado y a partir de entonces, y si nos cogía el atardecer en esa zona, salíamos corriendo. Decían —yo nunca lo vi—, que al oscurecer, se aparecía el hombre colgando de uno de los árboles.

Un poco más lejos también, cerca de un tejar y de unas lomas, habían más arboledas, pero por allí estaba la casa de un señor llamado Luis Machín, que decían que estaba loco, que andaba con unas chancletas de palo y pasaba cantando con una voz gruesa, y nos inspiraba miedo.
Su casa estaba hecha de piedra y fango, se decía que era albañil. Le gustaba sembrar caña de azúcar, y algunos muchachos lo vigilaban para comer de ellas, yo nunca lo hice.

Aunque solo había entrado una sola vez, en la finca del "americano", la vi como un lugar poco común, allí se respiraba otro aire. La finca tenía un ambiente mágico, único, pensé.

De esta arboleda solo me comí unos mangos, y ni llevé para la casa, en verdad estaba incómodo, pues mis amigos del colegio estaban en la finca del "americano" y yo no.

Llegado el fin de semana, acordé con mis amigos vernos cerca de nuestro propio Colegio Santana, y así aprovechar para comernos algunos panecitos de San Francisco, que valían centavos. Cuando íbamos a esta cafetería, también tomábamos algún refresco, preferiblemente Ironbeer o Materva, y como no teníamos mucho dinero, pues yo tenía que dejar para regresar en el ómnibus, comprábamos una botella de refresco, por cinco centavos, pedíamos tres absorbentes, los poníamos dentro de la botella y al conteo de 1, 2 y 3 chupábamos, y dependiendo de ello, alguno consumía más que otro.

En una ocasión similar, uno de mis amigos, no recuerdo cuál, sopló hacia adentro, lo que produjo burbujas de aire dentro del envase, como una hervidora de agua, y los demás dejamos de tomar al sentir asco, habilidad que él utilizó para tomar la mayor cantidad.

Cuando ya nos dirigíamos hacia la arboleda de mangos de la casa del "americano", Manolito dijo:

—Vamos hasta mi casa.
—¿Para qué?—pregunté—, ¿no vamos a la finca?
—Mi mamá quiere saber con los niños que yo acostumbro a andar.
—Bueno vamos —dijo Luisito.
—Pero no podemos demorarnos mucho, yo vivo lejos de aquí y mis padres no me dejan estar mucho tiempo —expliqué a mis amigos.

Tuvimos que caminar unas cuantas cuadras, y cruzar la avenida principal, conocida como la Carretera Central, que en esa zona es más ancha que por donde yo vivía. Al llegar a la casa de Manolito, la madre de él se encontraba sentada en un sillón en el portal y nos recibió como si estuviera esperándonos.

—Hola ¿cómo están chicos? —saludó la madre.

—Bien señora ¿y usted? —contesté mientras, Luisito se había puesto a conversar con un amiguito de él, a quien yo lo había visto en el colegio, pero no nos conocíamos.

—Vengan para que vean mi cuarto —dijo Manolito.

—No, está bien aquí —intervino rápidamente la madre y no nos dejó pasar. Ya Luisito se había incorporado a donde estábamos nosotros.

—¿Y ustedes son los que andan juntos, y se meten en la finca de Hemingway sin permiso? —preguntó ella.

—Sin permiso no, el señor nos dijo que podíamos entrar a comer todos los mangos que quisiéramos, y nos dejó llevar para nuestros hermanos —le expliqué.

—¿Entonces, los mangos que trajo mi hijo el otro día se los dio Hemingway?

—Sí señora, yo estaba el día que el "americano" nos dejó sacar mangos —dijo Luisito.

—¿Y tú cómo te llamas?—le preguntó a Luisito.

—Me llamo Luisito, señora.

—¿De quién eres hijo?

—Mi papá se llama Luis y mi mamá…

—¿Qué Luis? —interrumpió la señora.

—Luis el chapista —dijo Luisito y agregó— y mi mamá se llama...

—¡Ah, eres hijo de Luis el chapista! No tienes que decirme el nombre de tu madre, sé muy bien quién es, por fin te conozco —dijo ella.

—¿Ves mamá? ¡Yo te dije la verdad! —dijo Manolito.

—Está bien, ya sé lo que quería saber —le dijo la madre a su hijo.

—¿Saber qué, mamá?

—Que los mangos no son robados —dijo ella.

—Tenemos que irnos señora —le dije.

—¿Y tu nombre? —me preguntó.

—Alfredito.

—¿Y cuál es el apuro? —preguntó ella.

—Mamá, íbamos para la finca a comer mangos, pero tú querías conocer a mis amiguitos y ya lo hiciste.

—Está bien y tengan mucho cuidado —dijo la madre, y repitió— "ya sé lo que quería saber".

Salimos caminando bastante apurados, porque ellos sabían que yo vivía en el Cotorro. Mis padres no me dejaban aún ir en bicicleta.

—¿Y tu papá es así como tu mamá, de hacer tantas preguntas? —Luisito le preguntó a Manolito.

—Yo no tengo papá —dijo Manolito.

Luisito y yo nos miramos como sorprendidos, de lo que acababa de decir nuestro amiguito. No preguntamos más nada y seguimos caminando, cruzamos otra vez la Carretera Central o Calzada, como generalmente se le llamaba en la zona, porque la casa del "americano" está del lado de la cafetería de los Panecitos y del colegio.

Al llegar a la entrada de la finca, vimos a un hombre que parecía jardinero, lo llamamos para que nos abriera el portón.

—Señor, tenemos permiso del "americano" para entrar y comer mangos —así le dije.

—Acá no se puede entrar, además, él no se encuentra hoy aquí —respondió el hombre.

—Pero él nos dijo que siempre que entráramos por esta puerta, podíamos comer todos los mangos que quisiéramos —insistimos.

—Pueden irse, yo no sé nada de eso, aquí siempre hay que estar sacando a niños intrusos, que tiran piedras y esto es propiedad privada —viró la espalda y se marchó. No entendimos por qué pasó eso.

Estábamos en el lindero de la calle, buscamos la parte más lejana de la valla, con relación a la casa y entrada, para no ser visto desde ella.

—Alfredito ¿brincamos? —me preguntó Manolito.

Miré a Luisito y me hizo un gesto afirmativo con la cabeza.

—Brinquemos —contesté. Lo hicimos de forma que la misma arboleda nos sirviera de camuflaje.

Tuvimos que entrar con cautela, a pesar de estar autorizados por el dueño, porque según el hombre que nos rechazó, el "americano", no estaba allí, por lo que no tendríamos respaldo y estaríamos violando la decisión de este hombre que no nos dejó pasar, que seguro era quien tenía en ese momento la potestad para decir sí o no. Ir a la contraria a una persona mayor, era una falta de respeto relevante, y estaba educado con esa disciplina de respeto. En este caso estaba violándola.

Comimos mangos. En el otro extremo de la finca había otros chicos. Pero la curiosidad es nata en la infancia y el sentido de aventuras nos impulsó no solo a comer fruta.

Vimos una torre, alta, a la orilla de la casa, quisimos saber qué había allí. Al acercarnos unos perros comenzaron a ladrar, pero no eran agresivos, también vimos muchos gatos que no solo estaban en la torre, también se veían alrededor de una gran piscina, pintada de azul y de aguas claras.

Por el jardín y las terrazas de la casa, por todos lados estaban los gatos. Nunca había visto tantos juntos.

Antes de llegar a la piscina había un merendero con asientos, donde nos escondimos para ver si aquel hombre estaba por allí. Al estar despejada el área, avanzamos hasta el pie de la torre.

Frente a la torre estaba la casa, y se veían algunas de sus ventanas, pero no su interior. Como no vimos a nadie comenzamos a subir. A medida que lo hacíamos encontrábamos gatos en la escalera, uno tras otro. Observábamos las varas de pescar y escopetas de caza, lo hicimos a través de ventanas de cristales. Me atreví a tocar el cerrojo de la puerta, tenía llave pasada, no sé si hubiera sido capaz de entrar, creo que no, porque inspiraba como un misterio, lo que me recordó a la finca "Los Espiritistas", ubicada en el Cotorro, donde todos los muchachos visitábamos, la que también tenía un carácter misterioso.

La finca "Los Espiritistas", tenía muchas casas y algunas no estaban habitadas, tenía una rotonda de donde salían varias calles en distintas direcciones, casi todas enmarcadas con pinos en sus bordes. Se cuenta que en las noches aparecían espíritus; sobre todo en la carretera que da acceso a la finca. Algunas de las casas, tenían sus puertas sin seguro, en otras se notaba que habían sido forzadas sus cerraduras y entrábamos a curiosear, pero nunca nos llevamos nada.

—¿Seguimos subiendo o bajamos?—preguntó Manolito.

—No sé, ¿y si sube el señor que dijo que no podíamos entrar? —respondí preguntando.

—Seguimos —dijo Luisito.

Avanzamos al último piso, donde nos llevamos una gran sorpresa.

—¡Miren ese león! —dije anonadado.

Inspiraba temor, era la primera vez en mi vida que veía algo así, a no ser cuando mi maestra de Biología nos mostraba, en clases, algún ave disecada, pero nunca un león.

—¡Qué clase de dientes más grande tiene, y sus ojos brillan, y hay un telescopio! —exclamé.

Luisito había comenzado a bajar. De los tres él era el más tímido, sin embargo no se orinó el primer día que entramos a la finca.

—Ven, sube, nos van a descubrir —le dije en voz bien baja.

Habíamos visto, desde allá arriba, al señor que caminaba hacia la arboleda, el que nos negó la entrada, y si nos descubría no la pasaríamos bien, el permiso del "americano" era solo para comer mangos. Luisito regresó a donde estábamos Manolito y yo. Imaginamos que seguro, el señor, iba a sacar a los otros chicos que vimos en la arboleda.

En esa habitación también había un asiento que se veía muy cómodo, como reclinable, algunos libros y una mesa de trabajo.

Ya nos disponíamos a bajar, cuando vi una escalera con forma de caracol, que conducía al techo de la torre, y no tardé en ser el primero en comenzar a subir. Al principio no me dio temor, pero al comenzarla a ascender me di cuenta de que daba al vacío, y subí con miedo porque la escalera se movía.

Una vez en el techo, con un muro muy bajo, podíamos ver a La Habana, también se veía claramente el Capitolio que si conocía bien, ya que había vivido por un tiempo, en la casa de mi abuela materna en la calle Galiano, entre San Miguel y Neptuno, municipio de Centro Habana, la casa estaba en los altos de la tienda El Louvre, cerca de la tienda los Reyes Magos.

Estuvimos un rato, era muy linda la vista, pero también nos invadía el temor de que el señor subiera y no tuviéramos por dónde escapar corriendo, o al bajar fuéramos sorprendidos por ese señor, que al parecer cuidaba o trabajaba en la propiedad. No sabíamos si bajar o quedarnos allí, el miedo nos hacía pensar que nos estaban esperando abajo, hasta pasos escuchábamos de alguien subiendo la escalera.

Tratábamos de ver, pero los árboles nos impedían la mayor parte de la visibilidad, hasta que rompimos la inercia y con la cautela de profesionales, evadiendo la justicia, comenzamos a bajar.

Estábamos invadiendo la propiedad, además del peligro que corríamos por la altura, creo o estoy seguro, que al "americano" nada le hubiera gustado que fuéramos intrusos, que hubiéramos pasado los límites de su permiso.

Logramos bajar. Estando en el primer piso, escuchamos unas voces que procedían de alguna habitación, y pudimos ver a dos hombres, uno de la raza negra y el otro de la raza blanca, éste último era quien nos había negado el permiso a entrar a la finca.
Tal vez entró a la casa, por alguna puerta que da a la arboleda y no fue hasta ella.

Estaban muy pegados a la ventana, pues anteriormente miramos y no se veía para adentro, pero ahora si podíamos ver a las personas destacadas. A los pocos minutos se separaron de la misma y no se veían.

—Alfredito, Luisito ¡Ahora! —nos dijo Manolito aprovechando la separación de los hombres dentro de la casa para que no pudieran vernos.

Comenzamos a emprender la huida, pues el temor de ser visto permanecía en nosotros, mientras esperábamos por la oportunidad para salir corriendo. Pasamos por la zona donde se veía como en los cementerios, unas lápidas con nombres. Ese día habíamos dejado ocultos unos mangos, para llevar a casa para nuestros hermanos, que según Hemingway podíamos hacer, pero ni siquiera los recogimos.

Ya estando afuera, Manolito tomó por una calle que no era la misma por la que Luisito y yo iríamos, aunque generalmente yo iba con Manolito, porque también tenía que cruzar la Carretera Central para subir al ómnibus que me llevaría para mi casa. Luisito tenía su casa en la misma acera en la que estábamos.

—¿Por qué no tiene papá Manolito? —le pregunté a Luisito.
—No lo sé, nunca él ha dicho nada.
—¿Estará muerto o vivirá en otra casa?
—El pobre. Yo quiero mucho a mi papá, pero no vive en mi casa —dijo Luisito.
—Yo también quiero mucho al mío. Siempre me dice que es mi mejor amigo, que nunca seré traicionado por él. Pero yo no tengo amigos así viejos como mi padre.
—Yo tampoco, aunque el "americano" puede ser nuestro amigo, todos dicen que él es el amigo de *todos los muchachos del barrio*.
—Cuando vuelva a ver a Manolito, le voy a preguntar qué dónde está su papá.

—Yo también —me dijo Luisito.

—Dijiste que tu papá no vive en tu casa.

—Cierto, no recuerdo que haya vivido con nosotros. Cada vez que va a la casa tiene peleas con mi mamá, le gusta mucho tomar bebidas alcohólicas y mi abuela se va a su habitación cuando él me visita. A mí me trata bien.

—¿Tienes hermano?

—Mi papá me ha dicho que un día sabré lo que es un hermano.

—Pero para eso tiene que vivir con tu mamá ¿o tendrá otra mujer?

—No lo sé.

Por las cosas que me enteré, yo era el único de ellos que vivía con mi madre y mi padre juntos, ellos no.

Regresamos a nuestras casas. Yo siempre acudía a mi padre, era un hombre culto, muy bien educado. Y comencé a pensar que sí podía ser mi amigo. Para mí los amigos tenían que ser de la misma edad, los que jugábamos en el barrio y aunque algunas veces reñíamos, en poco rato o quizás pasado un día, ya éramos amigos otra vez. Pero nunca una persona mayor.

Nunca, pero nunca, algo de lo que me dijera mi padre era lo contrario, era como que no cometía errores en sus consejos, en trasmitirme alguna información. De las veces que me aconsejaba, yo no lo hacía como él me explicaba en algunas ocasiones, pero después, la realidad era como me había dicho él. He tenido amigos que lo que me han dicho, o no es cierto o me lo han dicho intencionalmente equivocado para hacerme creer cosas. Aprendía con los ejemplos de mi padre lo que era una amistad de verdad, y más escuchando y viendo las historias de los padres de mis amiguitos Manolito y Luisito. El primero, no lo conocía. El segundo, lo conocía pero mal conocido, ni vivía en su casa. Por eso pensé que si ser padre era como el de ellos, entonces el mío, más que un padre, era un amigo. Llegando a la conclusión que "para ser padre primero tiene que ser amigo".

Yo le había contado a mi padre, algunas cosas de la finca Vigía, y por él comenzaba a conocer de la vida del "americano". No le decía con toda exactitud, porque sabía que estaba haciendo cosas indebidas, como la que había hecho ese día, y por supuesto me reprimiría.

—El señor de piel oscura, el único que he visto en la finca ¿es familia del "americano"? —pregunté a mi padre.
—No sé a quién te refieres —respondió mi padre—, conozco de uno que se llama René Villarreal, que llega a vivir a la finca Vigía, porque cuando Hemingway fue por primera vez a la puerta de entrada de esta propiedad, con el fin de que se la arrendaran o vendieran, había un grupo de muchachos jugando pelota; y René era uno de ellos. Hemingway preguntó que por qué no jugaban en la finca y le contestaron que el dueño, un francés, no los dejaba ni siquiera comer las frutas. Entonces, Hemingway prometió, que si él llegara a ser el dueño dejaría jugar y comer sus frutas a todos los niños. Que la finca Vigía, sería **_el hogar de todos los muchachos del barrio_**: lo que cumplió. Ustedes mismo lo han comprobado, incluso —continuó explicando mi padre—, creó un equipo de pelota[1], patrocinado por él llamado _"Las Estrellas de Gigi",_ nombre que le puso pensando en su hijo Gregory. Él es aficionado a la pelota, lo han visto en los estadios de la Tropical y del Cerro. En ese equipo también estaban sus hijos Gregory y Patrick. De esto hace muchos años.

—¿Tenían uniformes? —pregunté.

---

[1] Beisbol

—Creo —memorizó mi padre—, que el traje de equipo era de franela azul, con una estrella blanca en la gorra. Cuando jugaban dentro de la finca no le gustaba, ni le gusta me imagino, que se suban a las matas, ni que le tiren piedras, para evitar accidentes —señaló mi padre y agregó—: Hemingway compró para todos los niños: pelotas, bates, guantes, mascotas, y los trajes se los mandó hacer.

—¿Por eso nos deja coger mangos? —interrumpí a mi padre— y es cierto, él nos advierte no subir a los árboles ni tirar piedras.

—Sí, el dueño anterior tenía unos perros, para evitar que alguien entrara a su finca, pero Hemingway erradicó eso cuando llegó a vivir allí, primero como arrendatario pagando 100.00 pesos mensuales, y luego como propietario.

—¿El "americano" sacó a los perros? —pregunté.

—El dueño anterior debe habérselos llevados, y los perros de Hemingway no son agresivos —me explicó mi padre.

—¿Y por qué René vive allí?—pregunté.

—Primero trabajó un hermano de René, encargado de hacer compras, enviar correspondencias, etc. —dijo mi padre—, y René fue contratado después de la muerte de su hermano, y es quien se queda a cargo de la casa en los viajes del escritor, como mayordomo; aunque, antes de René, la madre de los Villarreal, mandó a otro hijo, pero era tan parecido al fallecido, que Hemingway prefirió a otro. El hermano que murió, se cayó de una carreta y fue gravemente herido, y Hemingway corrió con todos los gastos, incluyendo el funeral.

Era costumbre de **todos los muchachos del barrio,** ir a comer y llevarse mangos en grandes cantidades; eran deliciosos. El área que ocupaba la arboleda, era extensa llegando a los límites del vecino. En algunas épocas, eran tantos los mangos, que los sacaban en carretillas a la calle para todo el que quisiera pudiera comer.

Al pasar unos días, cuando volvimos a la finca, el portón de entrada estaba cerrado y nadie en la puerta.

—¿Brinco y abro la puerta? —pregunté.
—Si —respondió Manolito.

Prácticamente no había necesidad de brincar, se podía meter la mano y abrir. Brinqué la valla y quité un pasador que tenía la misma y entramos. A la derecha del camino, había muchas matas de caña brava, que al movimiento producido por el viento crujían.

Por este camino, se iba directamente a la entrada principal de la casa, donde estaba la gran ceiba, pero nosotros teníamos que desviarnos hacia la izquierda y atravesar la colina, para llegar hasta donde estaban los árboles frutales. Cuando hacíamos esto, sentimos una voz y reconocimos que era el "americano", que estaba sentado en el merendero, cerca de la piscina, al vernos nos llamó.

—Por aquí —nos dijo.

Él estaba leyendo, posiblemente una revista, recostado en un reclinable de madera, no recuerdo con exactitud. Usaba en aquel momento un short, camisa de mangas cortas y una gorra. No vimos el palo que llevaba, la primera vez. Tenía unos zapatos muy grandes y gafas metálicas redondas. En el lugar que estaba sentado, bajo la sombra de la vegetación casi no se distinguía.

—¿No habían vuelto por acá? —preguntó el "americano".

Nos miramos y Manolito dijo:

—No, señor.

—Pues aprovechen, porque dentro de poco se acaban los mangos —destacó.

Se nos quedó mirando, fue pasando su vista, recorriendo a cada uno de nosotros, se quitó sus gafas. Interiormente sentí un gran temor, pensé que sabía que habíamos estado en la torre, el sentido de culpabilidad me invadió al extremo, que creí delatarme yo mismo, estuve a punto de decirlo sin ser interrogado y pedirle disculpas.

El "americano" detuvo su vista en mi persona, y como si ya hubiera reconocido lo que buscaba se dirigió directamente a mí.

—Tú, señalando para mí.

Sin dudas, pensé que sabía la verdad, me entró un escalofrío que me paralizó todo el cuerpo, creo que mi sangre se detuvo junto a mi corazón. Miré a mis amigos y tuve idea de mandarme a correr, pero mis pies estaban clavados al piso. Él retomó sus palabras.

—Tú —señalándome— hizo una pausa y volvió a mirarme fijamente.
—¿Yo? —le pregunté.
—Sí, tú —lo dijo sin cambiarme la vista y continuó—, tú estabas orinado el día que los vi la primera vez. Ustedes no son los únicos que entran acá, he visto varios grupitos y no son los mismos, ni tampoco nadie orinado.
—Sí, era yo —le contesté.

Aquello me apenó mucho ante él y de mis amigos, en realidad casi me orino de nuevo, de verdad me asustó.

—¿Qué piensan estudiar cuando sean grandes?

Uno de mis amigos dijo que médico y el otro no recuerdo lo que dijo.

—Piloto de guerra —contesté.

—Jajaja, —sonrió el "americano"—, ¿piloto de guerra? ¿Cómo vas a ir a una guerra y orinarte?

Eso me molestó y pensé: "Este viejo de mierda se quiere hacer el gracioso". A pesar de que no me gustó que me recordara el haberme orinado, si fue un alivio saber que no me miraba con insistencia, por haber subido a la torre de la casa.

—Yo participé en la guerra y estuve herido varias veces y ¡no me oriné! Pero eso no importa —añadió—, estoy bromeando con ustedes, yo también fui niño e hice travesuras y todavía las hago —nos dijo riéndose, para luego añadir—: Sí, les confieso algo, nunca tuve miedo en la guerra, pero ahora ustedes me pusieron a pensar, si me he orinado del susto alguna vez, creo que cuando me enfrenté a un búfalo y que el arma no me respondió. Me vi muy cerca a la muerte, es posible que ese día, ya siendo hombre, se me haya salido el orine; fue terrible.

—¿Usted es cazador? —le pregunté.

—Sí, y pescador también, me gusta pescar agujas.

—¿Agujas? yo conozco las biajacas de ríos y tiburones del mar, ¿pero agujas? —pregunté curioso.

—¿No sabes que es una aguja?—preguntó.

—Bueno, agujas de coser, sí —le dije.

—Me imaginé eso —me dijo riéndose—, la aguja es un pez enorme, que tiene una punta grande en su boca y por eso su nombre, un día les ensenaré fotos de agujas que tengo en casa. También pesco otras especies.

—Entonces mi padre me dijo mentiras —le dije.

—¿Tu padre? —me preguntó—, ¿por qué?

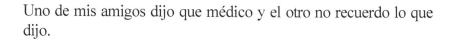

—Me dijo que usted es escritor y que tenía un premio importante —le expliqué.

—Si escribo, pero me gusta más cazar y pescar.

—¿Qué escribe, libros para la escuela, de matemáticas? —preguntó Luisito.

—No son para la escuela, escribo cosas que me han pasado, historias de lugares, lo que me ha ocurrido, fui periodista de guerras, cosas de mi vida.

—¿Usted hace lo mismo que esos hombres, que están dentro de los tiros en las películas de guerra, tirando fotos? —preguntó Manolito.

—Más o menos —contestó—, ya no lo hago, estoy viejo.

—Mi papá no debe saber eso de la caza y la pesca, le contaré —le dije.

—Lo dudo, si sabe que soy escritor, también sabe que cazo y pesco —me dijo muy seguro.

—Mi papá se sabe su nombre —le dije.

—¿Lo recuerdas? —preguntó.

—No lo recuerdo, es muy difícil, me dijo que usted es de otro país.

—Mi nombre es Ernest Hemingway —dijo—, pero también me dicen Papa. Sí, nací en los Estados Unidos. Con más certeza, ahora sé, que si tu padre sabe mi nombre, entonces sabe que cazo y pesco.

—Entonces, usted hacía de periodista en la guerra, no era soldado —le dije.

—No voy a dar mucho detalle, porque es muy difícil de entender para ustedes —comenzó a explicar—, pero aunque estuve de periodista y de chofer, no significaba que por eso me iba a dejar matar. Tuve que combatir y hasta capitaneé un grupo, casi me arrestan por eso, pero como lo que hacía era orientar, por mi experiencia, no me sancionaron. Muchas veces hay que incumplir las reglas para sobrevivir.

—¿Usted ha matado a soldados? —preguntó Manolito.
—Bien —continuó—, vayan por los mangos. Se acomodó sus gafas y reinició su lectura.
—Pero usted, ¿mató soldados enemigos? —le pregunté.

No levantó la vista, dio la impresión que no le gustó la pregunta, estoy seguro que escuchó claramente las preguntas que le hicimos, con relación a lo antes dicho. Seguimos rumbo a la arboleda, pero yo me regresé donde él.

—¿Quiere que le traiga algún mango? —le pregunté.
—No, gracias.

Fue todo lo que me dijo y alcancé a mis amigos, en busca de los mangos.

Ya de salida, Luisito se me acercó, y antes de que Manolito fuera a tomar la calle de costumbre, para regresar a su casa, me hizo una seña con la vista. Yo ni idea tenía de lo que quería decirme, pero él insistió.

—¿Qué? —le pregunté a Luisito.
—¿No vamos a preguntarle a Manolito por el papá?
—A mi me da pena ¿y si está muerto?
—Es verdad, a lo mejor un día él hable de su papá.
—Ya a veces no vas conmigo a cruzar la Calzada —me dijo Manolito.

En realidad me quedaba un rato con Luisito, tratando de conversar con éste sobre Manolito y su padre, ciertamente no tenía que quedarme con Luisito.

—Sí, me voy contigo —le dije, haciéndole señas a Luisito.

Luisito también se fue a su casa. Ya Monolito se había adelantado y cruzado la Carretera Central, yo lo alcancé. Subí al autobús para irme a mi casa. Al llegar, mi padre estaba sentado en el portal, le di un beso y lo abracé. No concebía la idea de no tener papá. Me senté junto a él.

—Papá, tú me dijiste que el "americano" es escritor, y él me dijo que le gusta más pescar agujas y que tienen una nariz muy larga, y que también le gusta cazar animales. ¿Tú sabías eso? Dice él que si sabes que él es escritor, también sabes que es pescador y cazador. ¿Cierto, sabías?

—No es por saber que escribe, que además sé que es pescador y cazador, lo que pasa es, que quien conoce a Ernest Hemingway sabe de sus preferencias. Y sí, participa en un torneo de pesca, que hacen todos los años, empezó hace tiempo y los pescadores pidieron que llevara su nombre —contestó mi padre— y también hace safaris al África.

—¿Era el jefe?

—No precisamente —contestó—, todos saben que es muy aficionado a este tipo de pesca, y por eso lo eligieron a él. Fue famosa la primera vez, participaron muchos yates; como unos 40, salieron por el Morro, que está ubicado en la bahía de La Habana, eso fue por el año 1950 y ahí iba el Pilar.

—¿Pilar, su esposa?

—No, ese es el nombre de su yate, que lo tiene en Cojímar, a orillas del mar.

—¿Y es muy grande el barco de él?

—Espera, déjame terminar primero una cosa y después la otra —dijo mi padre y continuó—, Hemingway ganó los tres primeros torneos y donó las copas o los trofeos.

—¿Pero es grande su barco? —insistí.

—No sé las medidas exactas, pero mide aproximadamente unos 10 ó 12 metros de largo y 4 de ancho —me dijo.

—¿Y cuánto es eso?

—Mira, cada 4 losas del piso de nuestra casa, es un metro, así que mídelo tú y sabrás —me dijo—, el yate tiene camarote con camas, cocina, nevera donde echar hielo, pescados y otras cosas más.

—¿Él va solo a pescar en ese barco?

—No, tiene a un gran amigo de muchos años, el capitán Gregorio Fuentes, y ese pescador lo inspiró a escribir su libro *El viejo y el mar*.

—¿Es militar ese señor?

—No, se le nombra capitán, a quien dirige y controla un barco. Ese libro lo escribió Hemingway, no solo inspirado en este pescador, también por el poblado de Cojímar, donde tiene su embarcación. Y el lugar preferido que visita allí, es el restaurant La Terraza, donde comparte con sus amigos pescadores.

—Este yate —agregó mi padre—, Hemingway lo utilizaba para ubicar submarinos alemanes, cuando la Segunda Guerra Mundial. Cuentan, y hay varias versiones, que durante esta guerra dichos submarinos, que patrullaban esta parte del Océano Atlántico, se reabastecían de combustible en la costa norte de Cuba, en el área de la zona de Corralillo, y lo hacían de unos pozos de nafta, lista para usar. Se comenta que el jefe del grupo encargado de este abastecimiento, era el jefe del ejército de la provincia de Las Villas, llamado Eleuterio Pedraza, quien llegó a ser jefe del ejército en el segundo mandato de Fulgencio Batista.

No entendí mucho lo que me decía mi padre, pero cada día me daba cuenta que ese "americano" era todo un personaje. Me puse a contar las losas, tenían que ser 48 de largo y 16 de ancho. Cuando lo estaba haciendo mi madre me habló.

—¿Buscas algo?

—No, estoy midiendo el barco del "americano" —le dije.

Se me quedó mirando sin saber qué era lo que yo hacía.

—Déjalo, así aprende a sacar cuentas de aritmética —intervino mi padre.

—¿A qué barco se refiere? —le preguntó mi madre a mi padre.

—Al del escritor Ernest Hemingway, es bueno que aprenda —dijo mi padre y agregó—, estoy buscando una revista donde está lo que dijo Hemingway, cuando le dieron el Premio Nobel para leérselo a Alfredito.

Estando en el colegio conversábamos en el tiempo de recreo, entre clase y clase. Además de Manolito, Luisito y yo, había muchos niños, unos de mi misma edad y otros mayorcitos por estar en grados superiores al que yo estudiaba. También habían niñas.

—En estos días iremos a la finca, ya no hay problemas, tenemos permiso para eso —dijo Manolito.

—¿Por qué no me llevan? —dijo una niña que acababa de llegar al grupo.

—No te van a dejar ir —dijo Manolito y continuó—, mira te presento a mi amigo Alfredito.

—Mi nombre es Anita.

—Ya el mío lo escuchaste, si eres amiguita de Manolito, ya eres también mi amiga.

—Gracias —dijo ella.

Anita, era una niña más o menos de mi edad, o tal vez algo mayor pero no mucho, quizás uno o dos años. Muy bonita, delgada, pelo largo y muy dulce al hablar.

—Ella se cree la más linda de la escuela —dijo uno de los niños que estaban en el grupo.

—Pues sí que lo es —dijo Luisito.

—La más linda es Margarita —dijo el niño. En ese momento se acercaba al grupo otra niña.

—Miren, digan la verdad, si ella es o no la más linda de la escuela, ella es Margarita —agregó.

Había visto en otras ocasiones a esa niña, como a otras tantas, en la entrada y salida del colegio. Algunas en mi propia clase. Las demás, en la cafetería o área deportiva. Ciertamente ella era muy bonita, no podía diferenciar cuál era más linda.

—¿Cómo estás Margarita? —preguntó Luisito.
—Bien, hola a todos —dijo ella.

Al llegar al grupo, casi era el horario de regresar a clases, no tuve la ocasión que me la presentaran. Pero si le noté como un aire de superioridad. Miró a Anita de forma como sintiéndose superior. Anita se mostró más sociable y simple.

Habíamos acordado reunirnos cerca de la entrada de la finca. Ya estábamos allí Manolito y yo, faltaba Luisito.

—Yo invité a Margarita y a Anita, a que entraran hoy a la finca a comer mangos —dijo Manolito.
—¿Y tú crees que los padres las dejen venir? —pregunté.
—Eso no lo sé —me contestó Manolito.

Mientras mi amigo y yo conversábamos en espera de Luisito, vimos acercarse a dos niñas, Anita y otra mucho mayor que nosotros. También en esos momentos llegaba Luisito.

—¿Cómo están —preguntó la muchacha mayor y continuó—, soy la hermana de Anita, y nuestra madre no la dejaba venir sola por ser pequeña y como único podía hacerlo era acompañada por mí.
—Estamos bien —contestó Manolito.
—Bien gracias —le dije yo.
—Por poco no vengo, tuve que ayudar a mi mamá en algunas cosas —dijo Luisito.
—¿Tú viste a Margarita? —le preguntó Manolito a Anita.
—Sí, la vi, pero me dijo que te dijera que ella no iba a venir a ensuciarse de tierra y de mangos, que tú le llevaras algunos —contestó Anita.

Alfredo A. [54] Ballester

—Me llamo Sonia, ya mi hermana me habló de ustedes y me dijo sus nombres.

—Si Margarita no viene, después de decirme que sí venía, no le llevaré ningún mango —dijo Manolito.

Caminamos hacia la entrada de la finca, que nos quedaba muy cerca de donde estábamos esperando para reunirnos. Anita, se veía mucho más bonita sin el uniforme escolar, y se sentía curiosa de saber cómo era la finca Vigía, pues en el colegio todos hablaban de ésta, y como no era varón pues se le dificultaba poder hacer lo que nosotros si realizábamos.

Al llegar al portón lo abrimos, y luego de entrar los cinco que componíamos nuestro grupo, lo cerramos. Por suerte no estaba el señor que nos negó la entrada la vez anterior porque cómo haríamos para brincar la valla con las muchachas, además si lo hacíamos ellas pensarían que estaríamos robando.

Fuimos hacia la arboleda, escuchábamos voces de otros niños, que entraron primero que nosotros, pero aquella finca era inmensa, había mangos para todos.

—¡Oigan!, pasen por aquí —nos dijo el "americano" que nos estaba observando.

—Nos está llamando el señor —dijo Sonia.

Enseguida nos desviamos hacia donde él estaba, y rápidamente pensé, que no podía creer que al "americano" se le fuera a ocurrir hablar algo del día que me había orinado, me moriría de la vergüenza delante de las niñas. Creo que no volvería nunca más a ese colegio.

—Hoy vienen bien acompañados.

—Son amiguitas del colegio, bueno, una de ellas, la otra es su hermana que vino a acompañarla —le expliqué al "americano".

—¿Y ninguna es novia de ustedes? —él preguntó.

—No —dijo Sonia—, yo tengo novio pero no vino con nosotros.

—¿No se pone bravo porque andes con nosotros? —preguntó Manolito.

—Ella no está haciendo nada malo, yo estoy con ella, y además ustedes son nuestros amiguitos —dijo Anita.

—Quizás, o lo más probable, es que a tu novio no le guste que andes por ahí con otros varones, puede ponerse celoso —dijo el "americano" mientras sonreía.

—Es posible, no le gusta que en el colegio hable con otros muchachos —dijo Sonia.

—Ella es mayor que nosotros, ninguno podríamos ser su novio, quizás Anita sí, que es más o menos de nuestra propia edad —dije.

—¿Dices eso porque... cómo es que se llama la niña? —preguntó el "americano".

—Anita —dijo Luisito.

—Ok, tú eres Anita, ¿y tú? —preguntó el "americano" señalando para la otro muchacha.

—Yo me llamo Sonia.

—¿Dices eso porque quieres a Anita por novia? —retomó la pregunta el "americano".

Hubo silencio, todos nos miramos, pero nadie comentó.

—Bienvenidas, y espero que estos muchachos sepan cuidarlas acá adentro, esta finca es para todos. Vayan a comer mangos.

Caminábamos hacia la arboleda, las niñas estaban muy contentas, expresando que se sentían muy bien, entre tantos árboles frutales y el aire fresco que se sentía en la sombra de los mismos. Anita se apresuró a recoger un bello mango, que estaba en el piso, entre rojizo y amarillo de gran tamaño.

—¡Cuidado! —le gritó la hermana.

Había una piedra entre la hierba, y Anita tropezó, cayendo al piso, por la velocidad que había cogido para alcanzar el mango que estaba al pie de uno de los árboles. Corrí para ayudarla a levantarse, pero ella, rápida como un lince, se había incorporado y alcanzado la fruta. Actuó como si fuera el único mango que había en todos los alrededores y alguien fuera a cogerlo primero que ella. Llegamos el resto del grupo hasta donde estaba Anita.

—¿Por qué corres así?, te puedes dañar —le dijo la hermana.
—Tienes la rodilla con tierra —le dije, y le pasé mi mano para quitársela.
—¡Ay, me duele! —protestó Anita.
—Sí, es que tienes raspada la rodilla —le dije, mientras Sonia, se acercaba para ver que le había pasado.
—No es tanto, vamos a buscar mangos —nos dijo Sonia.

Yo permanecía junto a Anita, para ayudarla a recoger mangos, cuando tuvimos unos cuantos nos sentamos debajo de unos pinos para comérnoslos. Estábamos tranquilos y fue entonces que escuchamos voces de otros muchachos, que se acercaban con frutas en unas jabas, y al vernos se dirigieron a nosotros.

—¿Sonia, qué haces acá entre varones?—preguntó uno del grupito.
—Enriquito, vine con mi hermana y mis amiguitos a comer mangos —contestó ella.
—Yo no le veo nada de malo a eso —dijo Manolito.
—Yo no sé si tú lo ves mal o no, pero ¿tú te llamas Sonia? —preguntó ese muchacho y continuó—, no hablé contigo y déjame decirte, también a los demás, ella es mi novia y no quiero que esté aquí con tantos varones. Así que, Sonia, vete para tu casa.

—No me llamo Sonia, pero tampoco debes tratarla así —contestó Manolito.

—¿Por qué la defiendes tanto, acaso quieres quitarme a la novia? —preguntó Enriquito.

—Miren, mejor nos llevamos los mangos y nos vamos, no es para estar peleando —dije yo.

—¿Y tú de dónde saliste?, pues creo que no eres ni del barrio, quédate callado —expresó.

La verdad que no estaba para peleas, pero este muchacho ya estaba provocando una riña, solo por celos con su novia, y yo trataba de convencer a mis amigos y amigas para irnos de la finca, pero ellos no aceptaban irse.

—Yo de aquí no me muevo —dijo Luisito.

—Ni yo tampoco —afirmó Manolito.

—Si ustedes no se van, me llevo yo a Sonia —dijo Enriquito.

—Yo no me quiero ir —dijo Anita.

—Ni yo tampoco —expresó Sonia.

—Si no te vas conmigo, pues ya no seremos más novios —y continuó—, no quiero que me mires más la cara.

—Si quieres vete tú, y si no quieres ser más mi novio, mejor —dijo Sonia.

Enriquito y sus acompañantes se fueron alejando, pero él miraba para atrás, haciendo señas con la mano, como diciendo *"ya verán, esto no se queda así"*. Estuvimos un tiempo más allí, recogimos algunas frutas para llevar y comenzamos a retirarnos de la finca. Ya de salida pasaba el "americano" en su auto, que iba saliendo de la casa y nos saludó con su mano. Alguien conducía el auto, él iba en el lado del pasajero.

Acompañamos a las niñas hasta su casa, que quedaba cerca de la de Luisito. Yo llevaba los mangos de Anita en un bolso que ella había llevado, y se los entregué ya casi llegando a su vivienda. Luisito se fue para su casa, Manolito y yo cruzamos la Carretera Central.

No siempre que entrábamos a buscar mangos, veíamos al "americano", pero generalmente, sí habían otros muchachos en el área de esta arboleda. Era bien extensa y ya se sabía que a él no le molestaba, le gustaba interactuar con los niños, recordando que había dicho: ***"que su finca sería el hogar de todos los muchachos del barrio".***

En una de estas incursiones, había algunos muchachos que se creían los dueños de los árboles y no tenían caras de buenos amigos. Se produjo una discusión que terminó en pelea. Uno de ellos, algo mayor que yo en edad y por supuesto en tamaño, estaba diciendo algo. Y era precisamente Enriquito.

—¿Quién les dijo a ustedes que aquí se podía entrar a comer mangos?

—Bueno —le dije—, el "americano" nos dio el permiso y es el dueño de la finca.

—Pues a mí personalmente, me dijo que me encargara de poner orden con las frutas —contestó en forma no agradable.

Uno de los que estaba en mi grupo, Manolito, intervino y le dijo en forma burlona, tratando de imitar el acento del lenguaje de Hemingway.

—Usted es el encargado de la finca—con acento inglés—, así que mire a ver si pone orden con los mangos —y comenzó a reírse.

El muchacho que había tomado la postura de administrador, capataz o no sé de qué, pero sí de jefe absoluto, no le gustó aquello y lo retó a fajarse.

—Tienes que pelear conmigo —dijo Enriquito.

—Ven acá, ¿tu quieres pelear conmigo por los mangos, o porque tu novia Sonia, estaba el otro día acá con nosotros?

—Yo peleo por lo que tú quieras, por una cosa o por la otra, y además, por culpa de ustedes sobre todo por ti, perdí a mi novia.

Mientras esto ocurría, otros niños hablaban de subir a la torre o ir a la casa, ciertamente, que ambas llamaban la atención, tenían un aspecto misterioso, no había visto otra casa con esa estructura, mucho menos con una torre entre una vegetación abundante.

—Tenemos que subir —dijo uno de ellos.

—No, yo tengo miedo —le decía otro a éste.

Mientras tanto seguía la discusión de Manolito con Enriquito. Los demás niños apenas atendían a lo que estaba ocurriendo, solo concentrados en sus frutas. En realidad a esa edad uno no está mirando mucho para participar en una pelea, no se puede dejar que vengan otros chicos a doblegarte a sus caprichos, además había mangos para todos.

En un instante comenzó la pelea, desarrollándose entre mi amigo y el mandón y celoso. Algunos de los muchachos se estaban acercando, y yo temiendo que fueran a agredirlo en grupo, me refiero a mi amigo Manolito, cogí unos mangos y comencé a tirárselos y aquello se convirtió en todo un espectáculo, peor que la fiesta la "Tomatina", que se realiza todos los años en el municipio Buñol de la provincia de Valencia en España, aunque ésta tiene sus reglas: hay que aplastar el tomate antes de ser lanzado a los demás, y usar gafas y guantes. Pero esta tiradera de mangos, constituía un grave peligro, un mangazo puede hasta matar si es recibido en la cabeza; es como un proyectil, pues el mango tiene semilla y una masa compacta.

Llegaron hasta nosotros, otros muchachos ya mayorcito, de unos 16 a 20 años de edad y calmaron la pelea. Estábamos todos llenos de mangos, y ni idea tenía cómo regresar a mi casa, ya que para llegar al Cotorro; donde yo vivía, tenía que tomar un ómnibus.

Desde la casa de Hemingway, nadie se había percatado de la pelea, seguramente al "americano", no le hubiera agradado este hecho. Gracias al viento y al lugar en el que se formó esta pelea todo quedó entre nosotros.

Para regresar a mi casa, comencé a hacerlo caminando, pero era lejos y tomé el ómnibus, en él todos me miraban asombrados. Mis padres al verme se asustaron, pero les dije que estábamos jugando, nunca confesé que había sido una pelea casi callejera. Solo un juego.

Mi padre me dijo que Hemingway, tenía un carácter de jodedor, que posiblemente hubiera participado en esa escaramuza. Que se contaba que una vez, junto a unos niños le puso un cohete, de esos que tienen una mecha y ocasionan una explosión, que se utilizaban en fiestas navideñas en Cuba por esa época, a la barbería del reparto y que corrió junto a *los muchachos del barrio* en la huida.

—Te voy a leer algo sobre ese "americano" que tú hablas —dijo mi padre, mientras sostenía una revista en su mano.

—¿Qué es? —pregunté.

—Lo que él dijo cuando le dieron el Premio Nobel de Literatura —y abrió la revista comenzando a leer.

[2]"Carente de toda habilidad para pronunciar discursos y sin ningún dominio de la oratoria o la retórica, agradezco a los administradores de la generosidad de Alfred Nobel por este Premio. Ningún escritor que conoce los grandes escritores que no recibieron el Premio puede aceptarlo a no ser con humildad.

No es necesario hacer una lista de estos escritores. Todos los aquí presentes pueden hacer su propia lista de acuerdo a su conocimiento y conciencia.

Me resultaría imposible pedir al Embajador de mi país que lea un discurso en el cual un escritor diga todas las cosas que están en su corazón. Las cosas que un hombre escribe pueden no ser inmediatamente perceptibles, y en esto algunas veces es afortunado; pero eventualmente se vuelven claras y por estas y por el grado de alquimia que posea, perdurará o será olvidado.

---

[2] Discurso de aceptación al Premio Nobel de Literatura 1954.

Escribir al mejor nivel, es una vida solitaria. Organizaciones para escritores mitigan la soledad del escritor, pero dudo que mejoren su escritura. Crece en estatura pública a medida que se despoja de su soledad y a menudo su trabajo se deteriora. Debido a que realiza su trabajo en soledad y si es un escritor suficientemente bueno cada día deberá enfrentarse a la eternidad o a su ausencia.

Cada libro, para un escritor auténtico, deberá ser un nuevo comienzo donde intentará nuevamente alcanzar algo que está más allá de su alcance. Siempre deberá intentar lograr algo que nunca ha sido hecho o que otros han intentado y han fracasado. Entonces algunas veces —con gran suerte— tendrá éxito.

Cuán fácil resultaría escribir literatura si tan sólo fuera necesario escribir de otra manera lo que ya ha sido bien escrito. Debido a que hemos tenido tantos buenos escritores en el pasado es que un escritor se ve forzado a ir más allá de sus límites, allá donde nadie puede ayudarlo.
Como escritor he hablado demasiado. Un escritor debe escribir lo que tiene que decir y no decirlo.Nuevamente les agradezco."

Cuando mi padre terminó de leerlo, me dio la revista.

—Léelo, y quiero que sepas también, que él no pudo asistir personalmente a recibir el Premio Nobel de Literatura, porque había sufrido dos accidentes aéreos por esos tiempos, incluso se dio la noticia mundial que había muerto.
—Este señor tiene mucha historia, papá.
—Sí hijo, y el donó la medalla de ese premio, a la Virgen de la Caridad del Cobre, Patrona de Cuba, en un homenaje que le hicieron en la cervecería Hatuey, de acá en el Cotorro y dijo bien claro:

"Este es un premio que pertenece a Cuba porque mi obra fue pensada y creada en Cuba, con mi gente de Cojímar de donde soy ciudadano. A través de todas las traducciones está presente esta patria adoptiva donde tengo mis libros y mi casa."

—Se vinculó mucho a la cultura cubana —explicó mi padre, continuando— y aunque he escuchado varias versiones, fue al periodista Campoamor, a quien le entregó la medalla, y si mal no recuerdo fue en el año 1956. También en la Bodeguita del Medio lo homenajearon.

—¿Yo puedo ir a donde está esa Virgen, para ver la medalla?

—Está muy lejos, está en la parte oriental de Cuba —me dijo.

—¿Y el "americano" escribió de Cuba? —pregunté.

—Hemingway escribió sobre España, Francia, Italia, Alemania, África, etc. Pero no fue hasta que escribió sobre Cuba en *"El viejo y mar"* que obtuvo dos grandes premios: el Pulitzer en el año 1953, que es la más alta distinción para las obras publicadas en Estados Unidos, y el premio Nobel de Literatura, este fue en el año 1954 que se otorga, a quien haya producido la obra más destacada a nivel mundial —me explicó mi padre.

Indudablemente, que mi padre tenía muchos conocimientos, siempre lo demostraba, él era el encargado de ayudarnos en las tareas escolares, aunque mi madre también lo hacía, pero sobre todo en las matemáticas era él quien se destacaba. Yo siempre estaba algunos grados escolares más avanzados, que el que me impartían en el colegio, porque mi padre siempre me estaba enseñando operaciones matemáticas. Y estos conocimientos me permitieron poder ayudar en una bodega-bar, que había en la esquina de mi casa, incluso, poder trabajar la caja registradora. Solo no me permitían laborar en la parte del bar. Sí tuve una cajita para que me dieran propinas los clientes, yo no recibía salario, solo lo hacía porque me gustaba sacar cuentas y era amigo de la familia, sobre todo de los hijos. Podía comer todos los dulces y tomar los refrescos que yo quisiera.

Un día, de los que entramos en la finca, encontramos el portón abierto, y tomamos el mismo camino, del día que vimos a Hemingway sentado cerca de la piscina leyendo. Caminábamos entre los árboles, era un día de fuerte sol, pero la sombra de la vegetación tentaba a uno a acostarse bajo ellos. No lo hicimos así, pero si nos sentamos bajo los altos árboles. Se sentían algunos pájaros cantar.

—¡Mierda!—gritó Luisito y se levantó más rápido que un rayo.

Se sacudía los zapatos y daba brincos quejándose. Se había sentado sobre un hormiguero de esas que llamamos bravas, que pican o muerden, no lo sé, pero lo que sí sé es que duele y arde mucho, porque a mí en otras ocasiones, no en esa finca, pero si en otros sitios había sufrido de ellas. Recuerdo que una vez en la cantera de Margarita, que está entre el Cotorro y Santa María del Rosario, me paré encima de un hormiguero, y terminé tirándome a la laguna, para quitarme los insectos que estaban picándome por todos lados.

Luisito estaba desesperado, las hormigas habían trepado por su pantalón hasta su cintura y, los insectos, como si hubieran planificado el ataque, no lo empezaron a lesionar hasta tanto, ellos no hubieran ocupado no solo el área de los pies, sino hasta la mitad de su cuerpo. Tuvimos que ayudarlo a quitarle el hormiguero sobre él, incluso se tuvo que quitar la camisa, porque algunas habían logrado llegar hasta su espalda. Las zonas de su cuerpo que habían sido picadas o mordidas, empezaron a producir ronchas en su piel, y se hinchaban.

—¿Estás bien? —le pregunté.
—Tienes muchas picadas —dijo Manolito.

—Yo no voy a buscar mangos hoy, me voy para mi casa, vayan ustedes —dijo Luisito.

—No, si quieres vamos contigo a tu casa —le dije.

—Sí; vamos los tres, bueno si tú quieres Luisito —dijo Manolito.

Eso hicimos, salimos de la finca para la casa de Luisito, al llegar el tocó la puerta de entrada y abrió una señora, quien se sorprendió al verlo, pues ya se le notaban mucho las picadas.

—¿Qué te pasó, hijo? —preguntó la mujer.

Saludamos y nos hizo pasar a la sala de la casa, sentó a Luisito en un sofá de madera, y trajo una botella de alcohol, empezando a frotarle las zonas afectadas. A Manolito y a mí, cuando lo ayudábamos a quitarle el hormiguero sobre su cuerpo, habíamos recibido algunas picadas y ella también nos aplicó alcohol.

—¿Qué fue lo que pasó? —dijo una anciana, que salía de una habitación continua a la que estábamos.

—Mamá, las hormigas, mira como pusieron al niño —dijo la madre de Luisito, entonces me di cuenta que era la abuela de mi amigo.

—Esperen acá, ahora regreso —dijo la anciana, y salió al jardín.

—Ayúdeme —expresó dirigiéndose a mí.

—Sí señora.

—Coja unas hojas y algún tallo de esa planta —me pidió.

Al hacerlo, percibí un olor parecido, a uno que sentía cuando mi madre hacía cocimientos para el estómago. También vi unas flores blancas muy lindas, y unas de florecitas moradas. Estando en el jardín, pasaron unos muchachos con mangos en sus manos, seguro venían de la finca del "americano". Por sentarnos debajo de los árboles perdimos de comerlos ese día.

—¿Por qué huele así?—le pregunté a la abuela de Luisito.

—Porque es de anís, se llama Caisimón de anís, muy bueno para las hinchazones —me dijo.

—¿Y esas flores blancas y las moraditas? —pregunté.

—Lirios y albahaca —contestó en lo que entraba a la casa.

La abuela empezó a triturar con sus manos las hojas de Caisimón, aplicándoselas a Luisito en todas las zonas afectadas, lo mismo hizo con los tallos, los que le restregaba en cada picada. Ya ese día no regresaríamos a la finca. Manolito iba para su casa, pero primero me acompañaría a la parada del ómnibus. Pasamos por un bar llamado El Brillante, donde habían varios hombres bebiendo en la barra.

—Eyyyyyy, Manolito —escuchamos a alguien llamando a mi amigo.

—¿Cómo está Luis?—contestó él.

—¿Quién es?—le pregunté.

—El padre de Luisito.

—Acérquense para que se tomen un refresco. ¿Qué quieren tomar?

—Yo quiero Materva —le dije.

—Yo igual —dijo Manolito.

—Siempre los veo pasar por el barrio con mi hijo, ¿por qué no anda con ustedes hoy?

Manolito empezó a explicarle lo ocurrido con el hormiguero, y en la casa de él, pero nos interrumpió.

—Yo no vivo en esa casa, estoy separado de la madre de Luisito.

El señor parecía como borracho, se paró a poner una música en una máquina grande que había en el bar, que tenía muchos discos, y apenas se podía sostener. En una de sus manos, malamente, sostenía un vaso de bebida; cada vez que caminaba, derramaba líquido al piso y sobre su ropa. Manolito siguió explicándole lo ocurrido con lo de las hormigas, pero este señor, volvió a interrumpir como si no le importara lo ocurrido.

—Así que ustedes van a la finca de Hemingway a buscar mangos. Ese americano ha bebido acá con nosotros, pero hace ya años que no viene. Se molestaba, porque casi nunca encontraba donde parquear su auto, pero es agradable —continuó diciendo—, se ha convertido en un cubano más. Una vez fuimos al aeropuerto a darle la bienvenida, vecinos de acá de San Francisco, y allí dijo que era un cubano, besó la bandera cubana, lo hizo tan rápido que no le dio tiempo a nadie a tomar una fotografía, y cuando le pidieron que repitiera el beso para tomarle fotos expreso: *"Dije que soy un cubano, no un actor".*
—¿Entonces, usted lo conoce? —pregunté.
—Acá en San Francisco de Paula, todos los conocemos, se ponía a jugar cubilete acá con nosotros y siempre que lo hacía expresaba: "cubilete es donde yo pongo mis lápices de escritura".

Al padre de Luisito, no le importó mucho lo que le había pasado a su hijo, lo animó más conversar sobre el "americano". Nos tomamos el refresco y después Manolito, me acompañó hasta que subí al autobús para irme a mi casa. Al otro día vi a Luisito en el colegio y casi ni marcas tenía de las lesiones ocasionadas por las hormigas. Parece que la abuela de él, sabía mucho de plantas medicinales.

En la clase de Biología, hablamos de lo ocurrido a Luisito y la maestra nos explicó, que hay insectos, como esas hormigas, que cuando muerden sueltan una sustancia que es venenosa, pero en muy poco grado, y es lo que produce la inflamación e intoxicación, y que ciertamente; esa planta llamada Caisimón, tiene muchas propiedades curativas.

A la hora de salida me encontré con Anita, y me dio las gracias por haberla ayudado en la finca, el día que habíamos ido, y se cayó al tropezar con una piedra que ella no vio.

—¿Cuándo volvemos a la finca? —me preguntó ella.

—Cuando tú quieras, solo ponernos de acuerdo.

—Avísenme, y yo le digo a mi hermana, porque sola no me van a dejar ir, y Margarita no es de mi agrado, ella se cree mejor que nadie y la más linda.

—La más linda eres tú.

—Gracias —me dijo y se ruborizó.

Llegó el transporte escolar y ella se despidió saludándome con las manos. Yo hice lo mismo desde una de las ventanas del autobús.

Yo había hablado con mi padre, para que me dejara ir a la finca a coger mangos después de clases, que yo regresaría en el ómnibus de la calle, pero me dijo que no, porque iba a estropear el uniforme del colegio, así que para hacerlo tendría primero que llegar a la casa, cambiarme de ropa y regresar a San Francisco de Paula. No tendría tiempo, también tenía que hacer las tareas escolares. Los días que más tiempo tenía para estar en la finca, eran sábados y domingos. Mis amigos tenían más facilidad, porque vivían cerca de la casa del "americano", pero yo siempre intentaba sacar el tiempo.

Una vez más, entramos a la finca, pero en esta ocasión no pasamos por la zona donde estaba el hormiguero, ya con la precaución de no pararnos encima de otro, estos insectos son muy rápidos y suben por los zapatos y ropa con mucha facilidad.

Íbamos caminando, observando todo el terreno. Buscamos una zona más despejada cerca del muro.

—Mejor nos vamos por aquí —le dije a mis amigos.

—Sí, no quiero que me vuelvan a dañar las hormigas —dijo Luisito.
—Ahí viene el "americano"—dijo Manolito.

Hemingway venía de la parte de atrás de la casa, donde supuestamente tenía unos gallos de peleas, nunca llegamos hasta allí, pues aunque se sentía el cantío de ellos, también se escuchaba un perro ladrar y no quisimos nunca correr el riesgo, ni verificar la existencia de éstos.

Ya llegando a la zona de los mangos, él venía en dirección recta hacia nosotros, no sentimos el temor del primer día, que prefiero no recordar, no por el miedo, sino por la reacción a éste que me ocasionó orinarme. Este día, fuimos a parar a la torre, donde increíblemente ni sé cuántos gatos habían, no se podían contar, muchos más que cuando subimos la vez anterior.

—¿Quieren subir?—preguntó Hemingway.

Nos dio mucha alegría y rápidamente todos dijimos que sí.

Pronunció una frase en inglés que ni recuerdo, y mucho menos saber que quería decir, pero rápidamente habló en su español americanizado.

—¡A subir!, creo que mis piernas aún lo logren —dijo en tono imperativo.

Sentimos la emoción de una aventura, pero en menos grado que la primera vez, ya lo habíamos hecho de forma ilegal. En esta ocasión nos sentíamos protegidos y con tranquilidad.

El "americano" subía con dificultad, y nosotros como niños queríamos adelantarnos, pero dejamos que el dueño fuera delante y así podría explicarnos lo que ya habíamos visto, pero él no sabía. Como estaba en *short* pudimos ver sus piernas y vimos que tenía como las marcas de heridas o cicatrices de quemaduras, nos miramos entre sí, pero ninguno nos atrevimos a preguntarle, debe haber sido en las guerras, o de los accidentes aéreos.

—Mi padre me leyó, cuando usted habló sobre el premio que le dieron por escribir —le dije.
—Qué bien —me dijo—, ¿y qué opinas?
—No sé, señor.

Subíamos, no abrió ninguna puerta, no sé si llevaba las llaves, o no quería que entráramos, pero si nos dijo lo que había en cada habitación.

—Con esto pesco y cazo, aunque en casa tengo otras armas, ya algunas no las uso —nos explicó, mientras nos mostraba algunas de ellas.

Seguimos a la última habitación y allí fue más explícito.

—Esta habitación, mi esposa la acondicionó para que yo trabajara y escribiera, pero nunca lo hice.
—¿No quería subir y bajar la escalera? —pregunté.
—No fue por eso —y continuó—, aquí arriba hay demasiado silencio, me gusta escribir escuchando el maullar del gato, el ladrar del perro, el abrir y cerrar de las puertas y eso aquí no

existe, solo el viento. Eso sí, me molesta muchísimo cuando me interrumpen.

No imaginé, en ese momento, mis amigos creo que tampoco, las condiciones de un escritor para desarrollar una obra. Estábamos conociendo sobre su persona, cada vez que conversábamos con él, y cuando mi padre me explicaba, me costaba trabajo entender y mucho menos comprender sus características, a pesar de que usaba un lenguaje acorde a nuestra edad. No recuerdo que haya pronunciado alguna de sus obras; sí sobre la guerra, la caza y la pesca de la aguja, también de su yate, pero jamás pude verlo porque estaba en Cojímar.

Aunque ya habíamos estado allí, sentíamos como una magia, una sensación de misterio, parecido como cuando uno entra a algún parque de esos, que tienen casas de brujas y fantasmas, y que escenifican para lograr esa sensación, solo que las cosas de la torre no estaban premeditadas para eso, eran naturales y acomodadas a gusto del escritor.

—¿Ven a esa leona que está en el piso? —preguntó señalando.

Respondimos afirmativamente sin quitarle la vista.

—La tengo separada del resto de mi colección, porque era una leona asesina y había matado ya a varias personas en un aldea, fuimos avisados y llegamos al lugar donde la maté, pagué para disecarla.

—¿Puede morder? —preguntó Luisito.

Mientras, yo miraba fijamente a los ojos del animal, que aunque solo tenía su cabeza, el resto del cuerpo era solo su piel, parecía lista para morderme con su boca abierta y sus colmillos punzantes, como si nunca hubiera muerto. Si así atemorizaba, me imagino en vida.

—No puede morder —contestó Hemingway—, está muerta.
—¿Podemos ver por el telescopio? —pregunté.
—Cuando hay sol no se debe mirar por él —fue su respuesta.
—Pero tiene aumento y veríamos las cosas que están lejos —le dije.
—Cierto, pero mejor usamos binoculares o anteojos, yo tengo de los que se usaban en la guerra —explicó.

Ya habíamos estado en la azotea, a través de la escalera tipo caracol, pero le pedimos subir, yo no quería decir que era peligroso, ni que producía miedo al ver el vacío, pues el "americano" sospecharía que ya lo habíamos hecho.

—Usted suba con nosotros —le dijo Luisito.
—No me sería fácil, ya estoy viejo.
—Luisito, Alfredito, subamos —dijo Manolito.

Ciertamente, creo que le sería difícil subir, pero no por la edad, sino por lo grande que era, muy alto, era mucho más corpulento que mi padre, y a nuestra edad pues lo veíamos más grande aún.

—Suban solo un momento, es muy peligroso —dijo.

Lo hicimos y bajamos rápidamente, él permaneció en la base de la escalera, que era como un balcón o alero de cemento, que sobresalía de la pared de la torre.

—Esta torre la construyeron en el año 1947, y tiene una altura de 12 metros —dijo el "americano".

—¿La torre la hicieron junto con la casa? —preguntó Manolito.

—No, muchos años después de la casa —contestó el "americano".

Comenzamos a bajar, y vimos pasar a otro grupo de niños hacia la arboleda de mangos. Eran los de la pelea de días anteriores. Sentí temor que el "americano" se enterara y no nos dejara entrar más a la finca. A medida que se realizaba el descenso, veíamos más gatos, algunos en la escalera y otros en la base de la torre.

—¿Le gustan mucho los gatos a usted? —pregunté.

—Es mi animal preferido, y sobre todo los que tienen 6 dedos, que dan buena suerte, el primero que tuve de esa familia se llamaba Snowball. Me duele mucho cuando se muere alguno. Uno de ellos, muy querido por mí, lo mató un perro del vecino, eso me dolió demasiado. Yo sé que fue intencional —nos confesó.

—¿De qué casa es ese perro? —preguntó Manolito.

—La que está allá abajo —dijo señalando con la mano, el "americano"—, estuve casi a punto de ir a matar al perro con una escopeta, pero no me gusta hacer eso, el culpable fue el dueño que no simpatiza con mis gatos. Si pasan a su propiedad ordena a sus perros que los ataquen.

—¿Y quién le avisó? —pregunté.

—Uno de los niños que entra acá, se lo encontró destrozado, y cuando me avisaron fui a verlo y supe que fue por mordidas de perro, y en la cerca habían rastros de pelos de él cuando fue lanzado a mi finca de regreso, ya muerto —se quedó pensativo al terminar de explicarnos.

—Pero usted tiene muchos gatos, no era el único —le dije.

—A cada uno de ellos le tengo cariño, y me duele cuando pierdo a uno, y más si es así destrozado —lo dijo entre lastimado y furioso, pero continuó hablando—, estoy pensando algo, podemos hacer una guerrilla contra ese vecino, ustedes comen todos los mangos que quieran, se llevan los que quieran y ustedes le caen a pedradas a esa casa —terminó sonriente.

—Trato hecho, hoy mismo empezamos —dijo Manolito.

En realidad, lo que nos pedía sería una aventura para nosotros, y más que él nos protegería. Eso pensábamos. Además, de todas maneras, nos dejaba comer y llevar todos los mangos que quisiéramos. Cuando llegamos a la base de la torre, les dije a mis amigos:

—Vamos ver si hay mangos por el piso.

—Recuerden no tirar piedras a los árboles ni subirse en ellos —así nos dijo, agregando después—, ¿y las muchachitas del otro día?

—Nos vamos a poner de acuerdo, para venir otro día con ellas —le contesté.

—Está bien, cuando deseen las pueden traer —dijo el "americano".

Fuimos hasta la arboleda y no comimos, recogimos algunos mangos para llevárnoslo. Ya ese día no decidimos entrar en acción, era un poco tarde y cada cual debería regresar a su casa. Salimos de la finca con los mangos en las manos, no teníamos donde echarlos. Otras veces, no la primera vez, yo llevaba una bolsa donde llevarlos, porque en mis manos eran pocos los que podía trasladar a mi casa.

Cuando ya salimos, solo pensaba en el padre de Manolito, también en el de Luisito, que conocí en el bar estando borracho, y por supuesto no sabía cómo preguntarle a ninguno de los dos sobre ese tema. Estaba curioso por saber. Yo veía todos los días a mi padre y no andaba en bares, yo creía que todos los papás eran iguales que el mío. Fue entonces que decidí salir de estas dudas o cosas, que me preocupaban sobre los padres de mis amiguitos.

—Manolito, ¿por qué dices que no tienes papá? —pregunté.
—Porque dice mi madre, que ella lo expulsó de la casa hace muchos años, cuando yo tenía solo 2 añitos de edad —me explicó.

Mientras que Manolito y yo conversábamos, Luisito escuchaba con mucha atención, muy interesado en el tema.

—¿Pero por qué? —insistí.

Luisito no decía nada, se mantenía atento a la conversación, como queriendo descifrar algo, tal parecía que aunque él sí sabía de su padre, en realidad no era como el mío. No entendía mucho de eso.

—¿Y lo ves?—le pregunté al ver que no me contestaba.
—No lo conozco, no recuerdo haberlo visto en casa, ni sé por qué mi madre lo sacó de allí.

Luisito tomó la calle que lo conduciría a su casa, y Manolito y yo a la Carretera Central, para entonces cruzarla, él ir a su casa y yo para la mía.

Habíamos esperado el fin de semana, para tener bastante tiempo, porque después de las clases no sería suficiente, para lo que teníamos en mente: el ataque inminente al vecino que había matado al gato de Hemingway.

Fue en la mañana del sábado. Llegamos a la puerta de entrada de la finca, Manolito empujó el portón y no tenía pasado el pestillo. Fuimos directo a la arboleda. Ese día no nos preocupaban tanto los mangos, haríamos el primer ataque al vecino. Buscamos muchas piedras, sobre todo de la orilla de la valla del lindero de la finca Vigía con la calle, no de la que daba con el vecino, para no acercarnos y nos viera. Una vez con las piedras en las manos, nos posesionamos para lanzarlas.

Lancé la primera piedra, aunque "no estaba limpio de culpas", pero no hubo ninguna reacción. Otra más lanzada por uno de mis amigos; nada tampoco. Al rato se escuchó ladrar a unos perros y la voz de un hombre, que gritó:

—¡Muchachos malcriados, tírenle piedras a sus madres!

Bueno, ya en ese momento no era por el gato, era por mentarnos "la madre" y todos tiramos a la vez. Salimos corriendo, alejándonos de la casa del vecino. Estuvimos un buen rato escondidos y no se observaba movimiento alguno, ni en la casa atacada, ni en la de la finca.

Vimos pasar a un grupo de niños, que iban en dirección hacia donde nosotros habíamos empezado el lanzamiento de las piedras, pasaron por allí y siguieron más abajo. Nosotros al ver que ellos pasaron y nadie dijo nada, pues pensamos que el vecino se había tranquilizado y volvimos a la posición inicial de ataque.

—¿Qué tú crees, tiramos otra vez? —preguntó Luisito.
—Seguro, tiremos de nuevo. Este tipo nos mentó la madre a todos —le dije.
—Yo tiro primero —dijo Manolito.
—¡Todos tiraremos a la cuenta de tres! —dije yo y comencé el conteo—: ¡a la una, a las dos y a las tres!

Al parecer alguna de las piedras, cayó sobre un zinc produciendo un gran ruido. Seguidamente repetimos la tirada, no escuchando ninguna queja desde la casa. Los niños que habían pasado se asustaron y venían de regreso, cuando de pronto, sentimos unos perros ladrar, pero no desde aquella casa ni desde la de la finca. El vecino estaba dando la vuelta por la calle, con dos perros controlados por correas, lo hizo sigilosamente sin nosotros percatarnos de eso, casi somos sorprendidos, aunque él no estaba por la parte de adentro, pero si vería nuestros rostros. Al verlo, y fueron los ladridos de sus perros quienes nos dieron la alerta, todos salimos corriendo, incluyendo el resto de los niños. El vecino se acercaba a la entrada principal, pero nosotros escapamos por otro lugar que él no imaginaba.

Una vez en la calle acordamos lo del día siguiente.

—Voy a traer mi tira piedras —dijo Manolito.
—Y yo el mío —dije entusiasmado.
—Mañana nos vemos acá y también traigo uno —dijo Luisito.

A la mañana siguiente, ya habiendo convencido a mi padre, de dejarme ir en bicicleta a San Francisco de Paula. Cogí mi tira piedras, una jaba, un pomo con agua, un estuche con herramientas y la bomba de echar aire a las gomas, para en caso de poncharme poder resolver. No encontraba los ponches fríos.

—Mamá, ¿no has visto la cajita de los ponches fríos?
—Los dejaste en la terraza el otro día —me dijo mi padre.

Fui, y efectivamente estaban allí y los agregué a las demás cosas que llevaba.

El viaje del Cotorro, hasta San Francisco de Paula, no era tan lejos ni hay grandes subidas; para mí, acostumbrado a montar bicicletas desde pequeño, era un paseo más. Mi bicicleta, de marca Niágara, me la había regalado mi hermano mayor. De medida 24, neumáticos anchos, de estructura reforzada, muelles de amortiguación en la goma delantera, tenía luces con dinamo, y hasta una sirena, que se activaba con la fricción de la llanta, cuando uno alaba una cadena que estaba instalada de ella al timón, también tenía timbre y corneta de aire. En realidad era una bicicleta de lujo.

Fui arrimado a la orilla de la carretera, donde, en la mayoría de los lugares, no había aceras, permitiéndome ir por esa área menos peligrosa, para evitar ser golpeado por algún vehículo que fuera viajando por la Carretera Central. Desde mi casa, hasta donde iba a ir, tenía que pasar algunos repartos, salir del Vedado del Cotorro, frente a La Torre, pasar por Cruz Verde, El Paraíso, Villa Rosa, Las Granjas, San Pedro, Merceditas, Siboney, y otros.

Fui directamente a casa de Manolito, a recogerlo con mi bicicleta, de ahí salimos para la casa de Luisito, que debía estarnos esperando. Así fue, pero fuimos caminando hasta la finca. Yo llevaba mi bicicleta empujándola con mis manos.

Cuando íbamos llegando al portón de la entrada de la finca, salía el auto del "americano". Se había detenido y su chofer se disponía a bajarse para cerrar el portón, nos saludó.

—¿Qué tal muchachos? Cierren la puerta, por favor —dijo Hemingway.
—Vamos a los mangos, sí, nosotros cerramos el portón —le dije.
—Bonita bicicleta —celebró el "americano".
—Sí, es mía, gracias… —le dije.

Entramos y dejé escondida mi bicicleta, entre las cañas bravas de la finca.

Por allí mismo seleccionamos las piedras, las buscamos pequeñas para poder ser lanzadas con los tira piedras o tira flechas, como se le nombraban, que consistía en una horqueta, preferiblemente del árbol que da guayabas, de forma de la letra "Y", con unas ligas elásticas atadas a cada punta de la "Y". En los extremos de las ligas una especie de base, de piel preferiblemente, casi siempre de lo que llamamos lengua del zapato, para sujetar la piedra, estirar las ligas y alcanzaran velocidad sirviendo de proyectil.

—Miren lo que traje —dijo Manolito.
—¿Qué cosa?—preguntó Luisito.
—Bolas —nos dijo, al mismo tiempo que las enseñaba—: También se conocen como chinatas.
—¿Para qué es eso? no vamos a jugar bolas en la finca —le dije.
—Claro que no, es para usarlas como las piedras —nos dijo—, traje cinco para cada uno — y nos las entregó.

Con estos recursos, de tira piedras y bolas, podíamos mantener más distancia de la casa que atacaríamos. Nos acostamos en la tierra y desde allí empezamos a lanzar piedras, y las bolas que utilizamos pasaban como balas por entre los árboles. Los perros del dueño de la casa comenzaron a ladrar, y así estuvimos un buen rato, hasta que consideramos que era suficiente. En esta ocasión no escuchamos al vecino protestar, solo los perros se hacían notar que se sentían con deseos de atacar. Al parecer el vecino no estaba. Ya íbamos de retirada, y vimos que un carro patrullero de la policía, estaba entrando por el portón de la finca. Gracias a la cantidad de vegetación pudimos ocultarnos.

En ese momento, ya cuando había avanzado la policía, entraba detrás de ellos el "americano" en su auto. Escuchamos la bocina o claxon del automóvil del "americano", como avisándole a la policía que se detuviera. Cuando ésta vio a Hemingway, detuvieron al patrullero para conversar con él. Desde donde nosotros estábamos podíamos ver y escuchar todo.

—Buenas tardes señor Hemingway —saludó uno de los policías.

—¿Qué se les ofrece, por qué entran a mi propiedad? —dijo el "americano" un poco molesto.

—Señor —dijo el policía—, vinimos porque desde su propiedad están tirándole piedras a una casa.

—¿Desde mi propiedad, con qué derecho entran aquí? —preguntó Hemingway.

—Sí señor, desde su propiedad y entramos para hablar con usted o ver quiénes son los que tiran las piedras —le contestaron.

—En la puerta hay un aviso, para saber cómo entrar —dijo y seguidamente preguntó— ¿y quién los llamó a ustedes, vieron quienes fueron? —preguntó Hemingway.

—Hicieron la denuncia, dicen que unos niños —dijo el policía.

—¡Ahh —exclamó Hemingway y continuó—, mira que advierto a los muchachos que no tiren piedras a los mangos!, debe ser que lo hacen y alguna cae en la otra propiedad, también recalco que no se suban en los árboles, ambas cosas son peligrosas, ya ven, debe ser por eso, ¡cosas de *los muchachos del barrio*! —explicó Hemingway, agregando— ya es hora de darle comida a los animales, así que disculpen y salgan ya de aquí. Por favor, la próxima vez avisen antes de entrar, no me gustan los intrusos, me asustan.

—Tenga buen día señor —dijo el otro policía y agregó—, muy bonita el arma que lleva en la cintura.

—Cierto, pero tengo permiso para portarla y tengo más en mi auto y muchas en mi casa y en el yate también, ¿algún problema? —expresó Hemingway.

—No señor, ya nos retiramos y disculpe.

Nosotros observábamos desde nuestra posición. Menos mal que no nos vieron, seguro nos acusarían a nosotros. El auto patrulla dio media vuelta y llegó al portón, lo abrieron, sacaron el automóvil y luego cerraron el mismo. Hemingway en su carro fue para la casa. Nosotros ya íbamos de salida, tenía que buscar la bicicleta en las cañas bravas, pero al acercarnos a donde ella estaba, vimos que el patrullero estaba detenido casi al frente de la entrada como esperando que alguien saliera. Un policía comenzaba a caminar por el lado exterior de la valla, mirando hacia la finca como buscando a alguien.

—¿Y ahora qué hacemos? —pregunté.
—Irnos por la otra cuadra —dijo Manolito.
—¿Y mi bicicleta, qué hago con ella?
—No sé, déjala ahí —contestó Luisito.
—¿Dejarla, estás loco, qué le digo a mis padres cuando me vean llegar sin ella?
—¡Ah no sé, inventa! —expresó Manolito.

No nos quedaba otra opción, que salir de la finca por el lado opuesto, más allá de la ceiba y no por la valla del área del portón de entrada, por donde aún se mantenía el carro de la policía esperando que saliera alguien.

Así lo hicimos, y cada cual tomó su rumbo. Yo tenía el problema de la bicicleta, debí haberla dejado en casa de uno de mis dos amigos. Como había ido en bicicleta, no tenía dinero para pagar el pasaje del ómnibus y no sabía qué hacer. Ya mis amigos se habían ido para sus casas. O lo hacía caminando, o le pedía a alguien el dinero. Fui hasta la parada del autobús y subí. Avancé hasta la parte de atrás, me senté en el último asiento, para cuando el conductor fuera a cobrarme, tener tiempo para pensar qué hacer. Pedirle dinero a un mayor eso era una falta de respeto.

El conductor estaba conversando con el chofer y no me había cobrado, porque entré por la puerta trasera. Había avanzado el autobús como cuatro paradas, estaba aproximadamente a mitad de camino. Vi cuando se acercaba a mí, me paré, accioné el cordón que estaba sobre los asientos, avisando la próxima parada, avancé hasta la salida y, precisamente en el área de la puerta nos encontramos el conductor y yo.

—Pague por favor —me dijo el conductor.
—No tengo dinero —le dije, explicándole que había ido en bicicleta a ver a un amigo y que se me rompió, por eso estaba en el autobús.
—¿Y sabiéndolo la familia de tu amiguito, no te dieron el dinero de la guagua?
—Sentí pena pedir dinero.
—Pero no te da pena, subir a un autobús sabiendo que no lo puedes pagar.
—Disculpe, tiene razón —le dije—, me bajo aquí mismo entonces.
—¿Es tu parada?
—No.
—Está bien quédate, al menos tienes vergüenza.

Llegué a mi casa y sabía lo que me esperaba. No había acabado de entrar y oí la voz de mi madre.

—¿Y tu bicicleta? —preguntó ella.

—La dejé en casa de un amigo mío, en San Francisco, porque se ponchó una de las cámaras y no tenía donde arreglarla, mañana voy y la traigo —le dije.

—¿Qué pasó? —preguntó mi padre.

—Ya le expliqué a mamá —le contesté.

—Lo escuché, pero quiero que lo repitas —dijo mi padre.

—Papá, se me dañó una de las cámaras de las gomas y no tenía donde arreglarla —repetí.

—¿Y tus ponches fríos? sé que los llevaste, ¿ya se te olvidó que los estabas buscando y fui yo quien te dijo donde los habías dejado?

Papá se quedó observándome unos segundos, luego pasó la mano por su cabeza y agregó:

—Está bien, cuando me bañe vamos a recogerla tú y yo —y entró al baño.

¡En qué aprieto me había metido!, ¿cómo iba a resolver ir a buscar la bicicleta, a casa de quién, si mi bicicleta la había dejado entre las cañas bravas de la finca Vigía? Creo que mi padre estuvo solo dos segundos en el baño, pasó el tiempo volando, mientras yo pensaba una solución. No tuve tiempo para pensar en algo.

—Vámonos —me dijo.

Salí caminando junto a mi padre y pensando qué hacer, tenía que decirle la verdad, pero ¿cómo explicarle y justificar dejar la bicicleta dentro de la finca Vigía? Si continuaba mintiendo me buscaría más problemas, con mi padre era mejor la verdad, intentaba decidirme, hasta que lo logré.

—Papá, la bicicleta tuve que dejarla.

—Eso ya lo dijiste, y lógicamente si no llegaste con ella, es que la dejaste en algún sitio, ¿por qué y dónde? —hablaba como sabiendo que estaba mintiéndole desde un principio, al decir que estaba dañada.

Tuve que contarle la verdad, lo que había pasado y hacerle toda la historia desde la muerte del gato, hasta que la policía fue a ver quienes tiraban las piedras.

—Está muy mal hecho de Hemingway, una vez más da motivos, para que digan que está "loco" o que le gustan todas esas cosas que hacen los niños. Ese americano tiene mucha variedad de carácter —mi padre hizo una pausa, y se quedó pensativo unos instante, para luego proseguir—: En una ocasión, como él no quería que cortaran la raíz de la ceiba que estaba levantando el piso de la casa, la esposa esperó que él saliera y ordenó a un jardinero que levantara las losas y cortara la raíz; una vez cortada apareció Hemingway detrás del jardinero, con una escopeta, y el jardinero tuvo que salir volando por una ventana, con la raíz en la mano —así me dijo y continuó—, tienes el día de mañana para traer tu bicicleta, o iré personalmente a buscarla.

Mi padre me puso la mano en el hombro, y me dio una pequeña palmadita, para luego decirme:

—Te contaré algo, se conoce bien la historia de Hemingway, y del problema que tuvo con un millonario vecino de él, ya hace muchos años, pero esa historia sigue en boca de los vecinos de San Francisco de Paula y también acá por el Cotorro.
—¿Qué historia es esa papá?
—Algo parecido a lo que hizo con ustedes, de tirar piedras al vecino.
—No entiendo.

—Hemingway tuvo problemas con un vecino, de una familia poderosa, hasta en la política, tenía que ver con los tranvías y autobuses de La Habana, estuvo involucrado con el general Machado, cuando se hablaba de revolución. Pero se dice que eso no tuvo nada que ver, con el problema entre ese señor y Hemingway. Dicen que este señor, practicaba tiro, matando auras tiñosas y caían muertas dentro de la finca Vigía y provocaba mal olor.

—No entiendo muy bien papá, ¿pero qué tiene eso que ver con las piedras que nosotros tiramos?

—Que tal como Hemingway, los mandó a ustedes a tirar piedras, y tal vez no las tiro él, junto a ustedes, por estar ya enfermo y algo avejentado, en aquella ocasión, aprovechaba la media noche, cuando el vecino hacía grandes fiestas, para poner petardos y bombas apestosas, saboteando la actividad, involucrando a personas que quisieran seguirlo en esa jodedera para aguarle las fiestas al señor.

—¿Y él mismo las ponía?

—Dicen que entre todos, pero él era el último en abandonar la zona, para poder ver cuando las personas se asustaban y salían huyéndole al mal olor de las bombas. Este señor, el vecino, soltaba entonces los perros.

—¡Es un bárbaro el "americano", tremenda historia!

—Hijo, eso no está bien hecho, pero sus razones tendría. Le gustaba capitanear esas acciones que se dicen fueron muchas. Y todo el mundo conoce eso de esa época. Él tiene razón al decir que "es un cubano sato".

—¿Qué es eso papá?

—Pues un cubano de la calle, de mundo.

—¿Y cómo se llama el hombre?

—No lo sé bien, tampoco si estará vivo. Tu abuelo, que quedó en venir hoy, si debe recordarse de él más que yo.

Regresamos a nuestra casa y mi madre estaba en el portal.

—¿No fueron por la bicicleta?

—No encontramos en que ir para poder traerla, mañana él lo hace —explicó mi padre.

Mi madre entró primero, y cuando mi padre y yo lo hacíamos, escuchamos el claxon de un auto. Era mi abuelo materno, él vivía en la localidad de Guanabo, muy cerca a la playa donde yo pasaba muchos días de algunos veranos. Recuerdo que era una casa de dos plantas, tenía a dos trabajadoras domésticas que eran las encargadas: Mery y Carmen, que aparte de sus labores en la casa, me atendían y cuidaban todo el tiempo que yo estuviera allí, desde llevarme a la playa, montar bicicleta, etc. Mi abuelo nos visitaba de vez en cuando, y recuerdo que era quien compraba los regalos de cumpleaños y de navidad, él era el superintendente de la compañía telefónica de La Habana. Mi abuelo no era cubano de nacimiento, era español, y aunque vivió en Cuba por muchísimos años, mantuvo el acento del lenguaje de su país. Mi padre y yo salimos a su encuentro.

—Hola abuelo —le dije dándole un beso.
—¿Cómo están todos? —preguntó.
—Bien —respondió mi padre.

Aún estábamos cerca del auto que él tenía, un Chevrolet del año 1957, muy nuevo, recuerdo que era de dos puertas.

—Hola hija —le dijo a mi madre al verla salir de nuevo al portal.
También salieron mis hermanos menores. Entramos y nos sentamos en la sala de la casa, y aunque era mi abuelo, teníamos la crianza de que cuando personas mayores conversaban, los niños teníamos que abandonar el área, me disponía a salir, cuando mi padre me interrumpió diciendo:

—Dile a tu abuelo a quién conociste —dijo mi padre.

—Al escritor americano —contesté.

—¿A quién? —preguntó mi abuelo.

—A Hemingway —dijo mi padre.

—Él vive antes de llegar aquí al Cotorro, lo he visto par de veces por el Floridita, en La Habana —dijo mi abuelo.

—¿Dónde él tiene su barco? —pregunté.

—No, Floridita, es un bar restaurante —dijo mi abuelo— que por cierto, allí Hemingway inventó un trago o coctel de bebidas, basándose en el daiquirí, que en realidad a mi no me gusta, porque es sin azúcar y doble ron. Dicen que él lo quiso así porque es diabético, le pusieron el nombre de "Hemingway especial" o "Papa doble". El bar, está por ahí por Monserrate y Obispo en la Habana Vieja. Ese bar se ha hecho famoso con su presencia.

—Yo creía que su barco estaba por tu casa abuelo, que es cerca del mar.

—¿Cómo te atreves a tratar de tú a tu abuelo? —me reprimió mi padre.

—Discúlpeme abuelo.

—Y no interrumpas —dijo mi padre y continuó—, yo fui una sola vez al Floridita.

—¿Al barco papá?

Mi padre me miró muy serio, yo había vuelto a interrumpir.

—No, estamos hablando del Floridita, dice tu abuelo haber visto a Hemingway en ese lugar.

—Yo he visitado ese bar con frecuencia y por eso vi allí a Hemingway, incluso pusieron un busto de él en el bar —explicó mi abuelo—. Yo lo vi antes de poner el busto, hace ya muchos años, cuando yo trabajaba en la compañía telefónica con los americanos —concluyó mi abuelo.

—Juan —dijo mi padre dirigiéndose a mi abuelo—, yo le contaba a Alfredito las historias de las peleas de Hemingway, con el vecino, pero él quiere saber cómo se llama o llamaba, no lo recuerdo.

—Frank Steinhart, de la familia de los autobuses y tranvías, involucrados también con la compañía eléctrica —contestó mi abuelo.

—¿Americano también?—pregunté.

—Sí —dijo mi abuelo.

—Yo he leído bastante sobre Hemingway y sus obras —dijo mi padre.

—Yo también —comentó mi abuelo—, y lo consideran un escritor sobrio.

—Dicen eso —comentó mi padre—, por el uso de frases cortas y duras, que fue incorporando por su propia experiencia de corresponsal en las guerras.

—Cierto —dijo mi abuelo—, y sus héroes que enfrentan a la muerte, tienen un código de honor, por eso son cazadores, toreros, soldados, boxeadores, etc.

—También —intervino mi padre—, él explica su técnica, con el modelo del tempano de hielo que deja oculta la mayor parte.

—Muy amigo de Errol Flyn —dijo mi abuelo.

—Tiene una película muy bonita: *Murieron con las botas puestas* —señaló mi padre.

—Yo sé cual es —dije yo—, la que los indios rodean y matan a todos los del ejército, que se metieron en territorio indio para matarlos a ellos, buscando oro.

—Esa misma —dijo mi abuelo.

Mientras tanto yo escuchaba lo que hablaban del "americano", a veces entendía, otras ni idea, pero si se me iba formando en mi mente, una personalidad increíble de Hemingway, ya empezaba a dejar de ser el "viejo canoso y barbudo", por alguien de mucho respeto. Pero no se me quitaba de la cabeza lo de mi bicicleta. Había pasado el apuro con mi padre, respecto a ella, pero podía perderla si otro niño la encontraba, me daría pena con mi hermano.

—Puedes ir a jugar —dijo mi padre.

—¿Van a seguir hablando del "americano"? —pregunté, pues ya comenzaba a interesarme por él, me parecía que estaba conociendo "al Zorro", el de los episodios.

—No, si quieres en otro momento, si te interesa puedo seguir hablándote de él —dijo mi padre.

—Pienso —dijo mi abuelo—, que es importante que Alfredito haya conocido a Hemingway, un día entenderá la importancia de esta experiencia.

—¿Dónde es que vivía Hemingway antes de la finca?—pregunté.

—En un hotel llamado Ambos Mundos, por la Habana Vieja —dijo mi abuelo.

—Se dice que en el hotel Sevilla, también vivió —dijo mi padre— .Vete a jugar —me insistió.

—También vivió en Cayo Hueso —expresó mi abuelo.

Obedecí a mi padre. Así lo hice, y me puse a pensar que si podría ir de noche a la casa del "americano" a buscar mi bicicleta. Pero si la buscaba se darían cuenta de mi ausencia, y entrar de noche en la finca sería peligroso, pero además al llegar a mi casa con la bicicleta, sabrían que fui. Ya lo dejaría para el otro día como acordamos.

En eso escuché la voz de mi madre.

—Hijo ven a comer, avísale a tus hermanos, apúrense, para darle de comer después al abuelo y a tu padre.

Comimos, y cuando fueron mis padres y abuelo al comedor, ya no fui a jugar, mis hermanos y yo nos pusimos a ver televisión. Pero no se me quitaba de la mente mi bicicleta.

Al ir al otro día a la finca Vigía, y dirigirnos a la puerta, estaba la policía haciéndole preguntas a algunos **muchachos del barrio**. Al llegar nosotros, y ver ellos que ya estábamos entrando, uno de los policías nos preguntó.

—¿Vienen muy seguido por aquí?
—Algunas veces —respondió Manolito.
—¿Son ustedes quienes le tiran piedras a la casa de al lado?— preguntó el policía de forma acusatoria y continuó—: ¡sabemos que son ustedes!

Me sentí nuevamente atrapado, ¿cómo sabía que habíamos sido nosotros? A no ser que alguno de los niños, que también salieron corriendo nos hayan delatado. Estuve a punto de aceptarlo, pero algo me dijo que me estaba probando.

—¿Nosotros? —le respondí.
—Sí ustedes, estos niños que están acá dicen que no fueron ellos —dijo el policía.
—Nosotros tampoco —dijo Luisito.
—Saben que si les probamos que tiran piedras a una casa, pueden ir presos y sus padres van a tener que sacarlos —dijo el otro policía.
—¿Por qué íbamos a tirarle piedras a una casa?, a lo mejor alguien se las tiró a los mangos y llegaron hasta la casa, pero nosotros sabemos que al "americano" no le gusta que lo hagamos —le expliqué.
—¿Quién los mandó a tirar piedras? —preguntó uno de los policías, que hasta ahora no había hablado, parecía el jefe de ellos.

—No hemos tirado nada, antes lo hacíamos para tumbar mangos, pero al "americano" no le gusta, dice que es peligroso —le repetí.

—¿No será, que ese que tú le dices el "americano", los mandó a tirar las piedras? —continuó preguntando.

—No hemos tirado piedras, le vamos a decir al "americano", que usted dice que él es quien manda a tirarlas, pregúntele a él —le dije.

—Bueno, no tienen que decirle nada, solo queremos saber quién está molestando a un vecino de por acá, que colinda con la finca, que nos llama y nos dice que los niños le tiran piedras y que es posible que Hemingway, sea quien los está mandando, porque las piedras las lanzan desde esta finca Vigía. No soy yo quien lo dice —aclaró el policía.

—Si van a entrar y tienen permiso háganlo —dijo otro de los policías.

Entramos, pero el carro de la policía seguía allí, mi interés era recuperar mi bicicleta, que había dejado el día anterior, estaba presionado por mi padre, de yo no llevarla él vendría a buscarla y eso si no me gustaba para nada.

Fuimos directo a donde la había escondido, y para buena sorpresa estaba allí mismo, mi temor era que otro niño la encontrara y se la llevara, o algún empleado de la finca la viera y la llevara para la casa, cómo justificaría que la había dejado allí toda la noche.

Todo salió bien, fuimos a recoger unos mangos, y ya de salida, yo iba caminado con mi bicicleta junto a mis amigos, pero al cruzar la puerta principal, nos dimos cuenta que la policía se mantenía allí.

—Vengan acá, ¿y esa bicicleta de quién es?
—Mía —le contesté.

—Pero tú entraste sin bicicleta y ahora sales con una, ¿de dónde la sacaste? —dijo el policía.

—Ayer la dejé acá porque fuimos a jugar pelota, cuando me acordé de ella ya estaba cerca de mi casa —le dije.

—Entonces ayer estuvieron aquí, que fue cuando le tiraron piedras al vecino —dijo el policía.

Cada vez me enredaba más y me metía en problemas.

—Mire, si quiere llame a mi padre, él sabe desde ayer que dejé la bicicleta acá, y el "americano" me vio entrar con ella.

No recuerdo por qué me dejó seguir con la bicicleta, quizás como le había dicho que el "americano" me había visto entrar con ella, me creyó, parecía que respetaban a este señor. Me dejó ir, pero no sin antes darme una advertencia.

—Procura que no reporten un robo de bicicleta en la zona, porque te iremos a buscar —dijo.

Pasaron varios días y de regreso a la finca, encontramos al "americano" en la piscina, no estaba muy contento, porque había encontrado unas fotos en el agua, las había puesto a escurrir en la pata de una silla.

—Son de mi ex esposa, no es la primera vez que ocurre.

No supimos a qué se refería.

—Ya sé lo del ataque al vecino, la policía estuvo acá para averiguar y eso me molestó.

—Pero usted nos dio la idea, ¿por qué se molesta? —le dije.

—No, no estoy molesto por las piedras. Cierto, fue mi idea y si los hubieran atrapados yo me haría responsable. Estoy molesto porque la policía entró sin permiso, y aquí entra quien yo autorice —nos dijo enfadado.

—Nosotros estábamos aquí, cuando entró el carro patrulla y después nos esperó afuera, y tuvimos que irnos por otro lado, por allá por la otra cuadra —le expliqué.

—Es poco hombre —dijo—, hubiera preferido que se pusiera los guantes y boxear, aunque ya estoy un poco viejo, todavía me atrevo, varias veces en la vida me retaron o reté, y nos rompimos la cara. Y lo de interrogarlos a ustedes la policía... me hubieran avisado.

—Bueno, cada vez que podamos le tiraremos piedra —le dije.

—Déjenlo, no vale la pena buscarse problemas por tipos como ése, le falta pantalones —exclamó el "americano" y continuó— ¿qué más dijo la policía o qué les preguntó?

—Nos dijo que el vecino lo acusaba a usted, de mandarnos a nosotros a tirarle piedras, y nos preguntó que si usted nos mandaba a eso —le expliqué.

—¿Y qué dijeron ustedes?

—Que no, ¿qué íbamos a decir? —dijo Manolito.

Sonrió y nos dijo:

—Solo tomemos esto como un juego, es feo que niños tiren piedras a una casa, y mucho más que un adulto como yo los haya inspirado a eso.

—Las primeras piedras si fueron por usted y su gato, pero las demás fueron porque nos mentó la madre —dijo Luisito.

—Mi papá me contó que usted y unos amigos, atacaban a un vecino, que tenía que ver con esos trenes eléctricos que iban por medio de las calles —le dije.

Hemingway, se me quedó mirando, como buscando en su memoria o sorprendido por recordarle esos hechos.

—¿De dónde sacó esa historia tu padre? —preguntó el "americano".

—¡Mi papá dice, que eso lo sabe todo el mundo! —y continué— ¿esos perros, que ese señor soltaba, son los mismos que le mataron a su gato?

—No, eso fue en otra época, cuando yo podía correr y arrastrarme tipo militar —dijo él al tiempo que soltó una ruidosa carcajada.

Luisito y Manolito observaban asombrados, ellos no sabían de esta historia, y ni sabían que mi padre me la había contado. A mí se me había olvidado decirles a ellos.

—Yo le conté a mi padre, lo de tirar piedras al vecino por la muerte de su gato.

—¿Pero qué diría tu padre de mi?

—Dijo que usted es un cubano sato.

Se echó a reír y nos dijo:

—Así digo en todas partes, "soy un cubano sato". ¿No van a comer mangos hoy?

—Sí —contestó Manolito.

Luisito se puso a explicarle, lo que le había pasado con las hormigas días atrás y Hemingway escuchaba muy atento, él siempre prestaba mucha atención cuando uno hablaba, no sé si era por el idioma, para así entendernos mejor, o porque sabía escuchar a las personas.

—Que eso no vuelva a ocurrir —dijo el "americano" como molesto.

Nos miramos entre mis amiguitos y yo. ¿Qué culpa teníamos nosotros, de que las hormigas nos piquen? Parecía que algo no le había gustado de la historia del hormiguero y teníamos razón.

—Si **un muchacho del barrio,** se hace un daño dentro de mi finca, a donde primero tiene que ir es a mi casa, allí está René, mi esposa y empleados. También, si es fuera de la finca, y necesita ayuda, puede entrar a buscarla —nos dijo el "americano".

Los tres le dimos las gracias. Al "americano", le gustaba mucho conversar con todos nosotros, él mismo nos dijo que no éramos los únicos que entrábamos a su finca, y era cierto, habíamos visto a muchos muchachos dentro de la propiedad. Se le notaba alegría cuando estaba interactuando con uno. Tenía la facilidad de ponerse al nivel de nosotros, e intentaba hacerse entender lo más que pudiera, no era de pronunciar largas expresiones, más bien le gustaba escuchar nuestras historias. Al menos yo, no estaba acostumbrado a relacionarme con personas mayores, y ésta amistad con el "americano" había surgido de la nada. Las circunstancias en la que lo conocimos, no fue la mejor, siendo de parte de él, que surgió la comprensión, de que estábamos actúando solamente por el deleite de sus frutas, pero no con ánimo de lucro. Naturalmente, era nuestra primera vez, para él, durante cerca de 20 años ya era costumbre encontrar muchachos buscando mangos.

Salíamos de la finca y ya nos disponíamos a irnos cada uno para nuestra casa.

—¿Vamos para mi casa? —preguntó Manolito.
—Vamos —dijo Luisito.

Enseguida me vino a la mente, cuando fuimos anteriormente a su casa y su mamá no nos dejó entrar.

—No, yo no voy —le dije a ellos.
—¿Entonces, qué hacemos? —preguntó Manolito.

—Vamos hasta el terreno de pelota —dijo Luisito.

Eso decidimos, cruzamos la Carretera Central y nos dirigíamos hacia una loma, donde allá arriba se encontraba dicho terreno. Caminábamos por la acera y conversábamos sobre el colegio y la finca de los mangos, íbamos entretenidos. En realidad éramos muy buenos amigos, ya llevábamos varios años juntos en esa escuela. Para ir al terreno de pelota, teníamos que desviarnos hacia dentro del reparto, y dejar la Carretera Central. Un grupo de niños que avanzaban de frente a nosotros se acercaban.

—¡Ehhhhhhh, mira quienes están aquí! —escuchamos en tono agresivo. Era el que había provocado la pelea dentro de la finca, el mandón. Enriquito, el ex novio de Sonia.
—Bueno ¿y qué?—dijo Manolito.
—¿Cómo qué y de qué? —y continuó—, ¡y tú! —señalándome—, tú fuiste el que empezó a tirarles mangos a mis amigos, o ¿ya se te olvidó?
—¡Sí; fui yo! y ¿qué pasa con eso? —le dije— , ¿qué querías, que dejara que todos le dieran golpes a mi amigo?
—Lo que pasa es que aquella bronca, no se ha acabado todavía —dijo otro del grupo contrario—, tú empezaste a tirarnos mangos a nosotros. Y además tú no eras de aquí de San Francisco.
—¿Y qué problema hay con eso? —preguntó Luisito y añadió—, es amigo de nosotros y ya, ¿qué quieren, pelear?

Ellos eran cinco y nosotros tres, pero no teníamos miedo de seguir la pelea que había interrumpido, aquel día, un grupo de muchachos mayores que nosotros. Ya a punto de empezar la bronca, salieron del bar tres hombres, pues estábamos precisamente en la acera del bar El Brillante, y desde allí estaban observando lo que ocurría.

—¿Qué pasa eyyyy? —dijo un hombre. Cuando vimos que era Luis, el padre de Luisito.

—Qué fue lo que pasó Enriquito? —preguntó otro de los hombres, dirigiéndose al que quería provocar o reiniciar la pelea.

—Nada papá, ya peleamos una vez en la finca y queremos seguir —dijo el muchacho.

—¿Eres el hijo de mi amigo Enrique? —preguntó Luis.

—Si señor —contestó Enriquito.

—Si te veo por ahí no te reconozco —dijo Luis y continuó expresándose— bueno, buenooo, vengan acá, Enrique, acá está mi hijo Luisito y veo que este chico es hijo tuyo, nosotros somos amigos y no podemos permitir que nuestros hijos peleen.

—Cierto —contestó Enrique.

—¡Déjalos que se rompan la cara! —dijo el tercer hombre que estaba en estado de embriaguez.

—¿Cómo vas a decir eso compadre? Son nuestros hijos.

—A los muchachos hay que dejarlos que se quiten la "picazón" —dijo ese hombre.

—No hables basura, o no te arreglo tu auto —dijo Luis que también estaba en tragos.

—No me amenaces, que no eres el único chapista del pueblo.

—¡Ya, ya! ¿O la bronca es ahora de mayores? —dijo Enrique.

Nos sentaron en uno de los escalones de la entrada del bar, y allí conversaron con nosotros, obligándonos a darnos las manos. Como es de suponer, Luis y ese tal Enrique, estaban ingiriendo bebida alcohólica, también el que quería que se diera la pelea.

—A partir de hoy, todos van a ser amigos, ¿de acuerdo, qué dicen? —dijo Luis en su tono medio borracho.

—Está bien —dijo Enriquito, que parecía ser el jefe del grupito y añadió—, pero este Manolito me cae pesado, andaba con mi novia.

—De acuerdo —dijo Manolito y agregó—, yo no estaba solo con Sonia, también estaban mis amigos y su hermana. Nosotros tres somos muy chiquitos, para que Sonia sea novia de alguno de nosotros.

—Enriquito, este muchacho tiene razón —le dijo su padre.

—Vengan a tomar algo —dijo Luis.

—No, yo vivo lejos, iba para el terreno de pelota pero ya se me hace tarde —así dije.

—Nosotros nos quedamos —dijo Manolito.

—No, yo me voy también —dijo Luisito.

—El vive lejos, está bien que se vaya, pero ustedes dos quédense un ratico conmigo acá, quiero verlos juntos, aunque sea un rato —dijo Luis, en medio de la embriaguez.

El otro grupo de muchachos se marcharon del lugar. Yo decidí regresar a tomar el ómnibus, y comencé a caminar hasta la parada de éste. Avancé unas cuadras y escuché a alguien detrás de mí que me llamaba.

—Alfredito, Alfredito —era Manolito.

—¿No dijiste que te quedabas allí? —le pregunté.

—Sí, pero Luis empezó a preguntarme cosas sobre mi mamá, no sé por qué lo hizo y le dije que me tenía que ir.

—¿Y Luisito?

—También se fue.

—Te acompaño hasta la parada.

—Está bien —le dije y seguimos caminando.

Ya estando en la parada del ómnibus, sentimos el claxon de un auto que insistía, y no dejó de sonar hasta que nosotros miramos hacia él, estaba casi detenido en medio de la calle.

—¡Muchachos! —y vimos una mano que pasaba por arriba del hombro del chofer, era el "americano" que iban en su auto.

—¡Eyyyyyyyy! —saludamos Manolito y yo.

—¡Ahí va Hemingway! —dijo alguien que estaba cruzando la Carretera Central.

Todo el mundo conocía al "americano". Allí estuvimos, hasta que llegó el próximo ómnibus, porque el anterior no pude tomarlo por atender al claxon del auto.

En una de mis clases, donde también estaba Manolito, porque Luisito estaba en otro grado, le conté a nuestro maestro sobre el "americano".

—Maestro, conocimos al "americano", él nos vio cuando estábamos comiendo mangos.

—¿A quién, a Hemingway? —preguntó el maestro.

—Sí —contestó Manolito.

Otros niños del aula, también dijeron que lo conocían. Ciertamente, al parecer, no había un solo niño de la zona, que viviera o estudiara en San Francisco de Paula, que no hubiera entrado a la finca Vigía a obtener mangos, y no solo por las frutas, ya que cerca de la escuela, por donde quiera, había matas de estas, sino por lo agradable que uno se sentía al estar allí. Era ya una costumbre hacerlo. La finca era prácticamente un bosque y había otras frutas; como mamey de Santo Domingo, las almendras, también palmeras, pinos, que estaban por la zona de la piscina y otros. Lo único que no podíamos tocar eran las flores de los jardines, que era de la señora de la casa. Sabíamos que se llamaba Mary, pero no conversamos nunca con ella.

El maestro era un hombre de avanzada edad, se nos quedó mirando, yo creí que era por estar sorprendido, pero en realidad el sorprendido fui yo, para no decir toda la clase al escuchar cuando éste habló.

—Llevo cerca de 10 años, trabajando como maestro en San Francisco de Paula y Cotorro, y lo que acaban de decirme lo he escuchado muchísimas veces.
—¿Y usted lo conoce? —preguntó un alumno de la clase.
—Lo he visto varias veces; una vez fue en una pelea de gallos que se hizo cerca de su casa, yo iba pasando y vi más personas que las acostumbradas, fue porque un gallo de Hemingway estaba peleando. Otras, en el bar El Brillante.
—¿Pelea gallos el "americano"? —pregunté.
—Sí, tiene cría de gallos finos —dijo el maestro.

Recordé que en una ocasión, estando dentro de la finca, escuchamos el cantío de gallos por la parte de atrás de la casa de la finca, pero no nos acercamos porque también se escuchaba el ladrido de algún perro.

—Otra vez —continuó el maestro—, que lo vi, fue cuando su auto se detuvo en la cafetería los Panecitos de San Francisco, acá, cerca del colegio. Pero la historia que más se escucha de Hemingway, fue cuando una vez un circo llamado Miguelito llegó a la zona. Hemingway fue a ver a los leones, que dicen eran viejos y solamente eran dos, era un circo muy pobre; hasta con la carpa remendada, y como Hemingway se puso a decir que él podía entrar a la jaula a domarlos, el dueño empezó a divulgar por todo el pueblo, que Hemingway actuaría en su circo.
—¿Y de verdad fue y lo hizo? —pregunté.
—Sí, respondió el maestro.

Cuando el maestro se disponía a continuar la historia, varios de los alumnos comenzaron a decir que si los leones podían matarlo y comérselo. El maestro pidió que hiciéramos silencio para terminar el relato.

—El circo —continuó explicando el maestro—, se llenó de gente, casi todo el vecindario de San Francisco de Paula asistió a la función, para ver como Hemingway iba a domar a los leones, y así fue, Hemingway se apareció vestido de cazador, llevaba una silla y un látigo: como un verdadero domador.

—¿Hemingway es domador? —preguntó Manolito.

—Que yo sepa no —respondió el maestro—, pero tiene experiencias con los leones, de cuando ha estado en el África. Déjenme terminar, por favor. La función quedó excelente, el "americano", logró que los leones hicieran algunos ejercicios. Al otro día Hemingway mandó a buscar al dueño del circo, y éste se llevó tremendo susto, cuando Hemingway le dijo, que tenía que pagarle no sé cuántos miles de pesos, como 10 mil, por su actuación, y que solo había ido a actuar, porque ya él había dicho que eso lo podía hacer, pero le recalcó al dueño del circo, que no se provechara más de alguna frase que él dijera, sin que él lo autorizara antes ,y que de igual forma no usara su nombre, sin su permiso. Se cuenta que el médico o el masajista de Hemingway, tuvo que asistir al dueño del circo, porque hasta la copa que tenía en la mano cayó al piso del susto.

—¿Y el dueño del circo le pagó? —preguntó otro alumno.

—Dicen que Hemingway, solo le hizo eso para asustarlo —concluyó el maestro.

A la salida de la escuela, estábamos Manolito, Luisito y yo conversando, y tenía en mi mente lo de los padres de ellos. No entendía por qué habían echado al padre de Manolito de su casa, y que no lo viniera a ver, ni que el padre de Luisito apenas le

importó lo de las lesiones producidas a su hijo por esas hormigas agresivas. ¿Pero cómo saberlo? No me atrevía a preguntar.
Tomé el autobús escolar y fui para mí casa.

Ya habíamos estado en la torre y teníamos curiosidad por entrar a la casa, para ver cómo vivía el "americano". Una tarde, recuerdo, ya apenas quedaban mangos, entramos a la finca y nuevamente nos encontramos con Hemingway.

—Señor, ya casi no hay mangos —le dije.

—Se acaba la temporada —me contestó.

—¿Y si no hay mangos, no podemos venir más a la finca? —preguntó Manolito.

—Por supuesto que sí —dijo rápidamente y continuó—: siempre dije y digo, que mi finca sería y será *el hogar de todos los muchachos del barrio*.

—Gracias señor —le dije.

—Qué bueno —dijo Luisito.

—Me gusta mucho su finca —expresó Manolito.

—Además, ustedes son mis amigos —dijo Hemingway.

Esta expresión del "americano", me hizo recordar la de mi papá, de que él, como mi padre, era mi mejor amigo.

—Hoy le voy a enseñar las fotos de las agujas que les dije, vengan.

—Y los binoculares, usted no nos dejó mirar por el telescopio —dijo Luisito.

Caminamos junto a él, pero antes le preguntamos sobre algo, que a nosotros nos parecía un cementerio.

—¿Es eso un cementerio? —pregunté.

—Sí, de mis perros fallecidos… de los gatos que mueren, los tengo debajo del piso de la casa; por el comedor.

Caminamos hasta la entrada principal de la casa, solamente habíamos pasado por esa zona en la ocasión, que salimos por un área no acostumbrada.

Fue impresionante la entrada, no sabía que mirar con la cantidad de objetos: cuadros, cabeza de animales, etc. Lo primero que hizo fue enseñarnos fotos de los peces Aguja y Marlin.

Al llegar a la sala, había tantas cosas para mirar, que no podía concentrarme, poco a poco me fui ubicando, y vi cuadros de toreros, alfombras en el piso, un bar con bebidas alcohólicas, muchos libros y revistas.

—Este es mi asiento preferido —dijo el "americano"—, y solo ahí me siento yo, si llega algún invitado y se lo brindo, entonces no me siento en ningún otro, por larga que sea la visita. Ahí estuvo sentado Errol Flynn, ¿han visto películas de él?
—No —contestó Manolito.
—Hay una película de él muy famosa llamada *Robin de los bosques* —dijo.

Nos fue llevando por varias habitaciones, en una de ellas, al lado del comedor, tenía obsequios traídos del África. Uno de ellos, cuando uno lo miraba, era un cuadro con una gallina colgada de sus patas, y se veía sangrar por el pico, también había dentro de esa habitación una montura de camello, etc.

—Aquí es donde me gusta escribir —dijo el "americano".
—¿Usted duerme ahí, en esa cama llena de revistas y papeles?, es muy chiquita para usted —preguntó Luisito.
—No siempre, también duermo en el cuarto con mi esposa.
—¿Y esas cestas, llenas de cartas?, ¿las va a leer todas? —pregunté.

—Leo muchas, pero no me da tiempo entre leer y recibir muchas y muchas —contestó Hemingway, agregando— también recibo correspondencia en la casa de Cayo Hueso.

—¿Cayo Hueso, dónde es? —preguntó Manolito.

—Es una de las pequeñas islas o cayos, que pertenecen a Estados Unidos, al sur de la Florida y al norte de Cuba —dijo Hemingway.

—¿Usted escribe sus libros en esa máquina? —pregunté.

—Primero escribo en esa tablilla —dijo y nos la enseñó—, y después lo paso a máquina —contestó y agregó—: casi siempre escribo descalzo.

—¿Sin zapatos? —preguntó Luisito.

—Sí, mientras escribo me quito los zapatos, me siento más cómodo.

Pasamos a otra habitación, donde había un buró lleno de objetos, entre ellos una campanilla como de plata, otros de las guerras, balas, etc.

—¿Y esa cabeza de toro?—pregunté.

—Es un búfalo, lo maté en desigual combate, pues me había fallado el arma. He estado herido muchas veces en mi vida, muy cerca de la muerte, pero nunca tan de cerca como frente a este búfalo.

—Quizás ahí se orinó el "americano" —le susurré a Luisito.

—¡Cuidado, puede oírte! —me dijo mi amigo.

—Él se burla de mí por haberme orinado —le dije.

—Estos son gacelas —dijo señalando a unas cabezas disecadas de su colección y continuó—, una vez nos encontrábamos de cacería en el África, y unas de ellas venían corriendo, nuestras casas de campañas eran bajas y algunos de estos ágiles animales, brincaron por encima de las mismas, yo le disparé, mientras una de ellas estaba en el aire, y al caer a tierra mandé a descuartizarla.

—¿Para qué?—interrumpí al "americano".

—Quería saber si mi tiro, había sido certero, si había muerto en el aire o en la caída —nos dijo.

—No entiendo —dijo Manolito.

—Yo tampoco —agregué.

—De tener todos sus huesos sanos, es que había podido amortiguar la caída, entonces llegó viva a tierra, si estaba roto algún hueso del animal, pues había muerto en el aire —explicó Hemingway.

—¿Qué pasó? —pregunté.

—Todos sus huesos estaban sin romperse, ni uno solo roto, había fallado el tiro de muerte, murió después de la caída, en tierra —nos explicó.

—Tengo deseos de ir al baño —le dije al "americano".

—¿A orinar o a cagar? —me dijo.

—A orinar, señor.

— ¿Todavía tienes miedo que vuelves a orinarte? —me dijo sonriendo y continuó—. Es ahí y no dejes gotitas en el inodoro.

En lo que me dirigía hacia el baño, iba pensando: "parece que para siempre me va a conocer como el meón, pero al menos es agradable y se sonríe con nosotros".

Vi allí unos lagartos sumergidos en un líquido, que estaban dentro de unos pomos, también había libros, y pensé que hasta cagando leía. Pude ver unas anotaciones en la pared.

Cuando salí del baño, le pregunté al "americano":

—¿Qué es eso dentro del pomo, una lagartija grande?

—Un lagarto que peleó con uno de mis gatos, quedó mal herido, traté de salvarlo, pero no pude y lo guardé de recuerdo por su valentía. Y él de al lado es un sapo, que unos niños lo mal hirieron y tampoco pude salvarlo.

—¿Por qué escribe en la pared? —le pregunté.

— Porque me peso y me mido y luego lo anoto ¿no ves el equipo de pesar ahí? —me contestó.

—Si lo veo —le respondí.

—¿Por qué lo hace? —preguntó Luisito.

—Porque le tengo más miedo a una enfermedad que a la muerte, y me chequeo al menos mi peso corporal a ver si hay cambios.

—Es bueno saber —le dije.

—Cuando veo a uno de mis animales que se pone flaco me preocupo, algo no anda bien —nos dijo.

—¿Y lo de ver que aumenta, que usted nos dijo cuando quisimos ver por el telescopio?—preguntó Manolito.

—¡Binoculares! —dijo Luisito.

Ya lo había mencionado, cuando el "americano" dijo de enseñarnos las fotos de los peces agujas.

—Lo había olvidado —dijo dirigiéndose a un cuartico donde habían trajes militares, botas y zapatos—, aquí hay uno —señaló.

—¿Podemos ir a afuera a mirar? —pregunté.

—No, no puedo, tengo que ir a La Habana —nos dijo— miren aquí adentro.

Para mí y también para mis amigos, eran muy grandes, apenas podíamos ver algo, quizás no estaban graduados o eran demasiado viejos. Hicimos el intento, pero no fue algo de llamarnos mucho la atención. Mucho menos dentro de la casa.

Ya casi de salida nos mostró el comedor de su casa, ya se notaba apurado, habíamos escuchado a alguien llamándolo, quizás era su chofer.

Así recorrimos gran parte de la casa, pero a ninguno de los tres, se nos ocurrió preguntarle el lugar donde enterraba a sus gatos. Lo olvidamos.

La casa de Hemingway, era muy grande comparada con la que yo vivía, en ella sentí una sensación parecida como cuando entré a un museo por La Habana, de la época de los españoles, no recuerdo con exactitud dónde fue, pero habían armas, me refiero a rifles y machetes de los mambises.

No sé si mis amigos lo harían, pero al llegar a mi casa, cuando entré a la sala, allí estaban mi madre, mi padre y un amigo de la familia a quien llamábamos El Cómico, apodo que había ganado, porque la mayor parte del tiempo estaba borracho, y de verdad que se comportaba que hacía reír a cualquiera. Era tanta mi emoción que comencé a contarles antes de saludarlos…

—¡Qué casa más grande y tan linda tiene el "americano", cómo tiene animales y cuadros!
—¿Entraste a la casa?—preguntó mi madre.
—Buenas. Sí, y nos fue explicando algunas cosas de allí y de sus viajes, pero tuvimos que irnos porque nos dijo que tenía que ir a La Habana.
—¿Qué animales tiene?—preguntó ella.
—Vivos los que más vimos fueron gatos, los habíamos visto por la torre, piscina, terrazas, pero no pensaba que dentro de la casa también, ¡deben haber más de 40 gatos! Animales muertos, disecados, muchos.
—Tremenda peste debe de haber allí, la mierda de gato es horrible, aunque a ellos les gusta enterrarla —destacó mi madre.
—No sentí mal olor —le dije.

—Hay una historia —intervino mi padre—, por ahí, que dice que un capitán de navío le regaló a Hemingway un gato de seis dedos, hace muchos años y desde Cayo Hueso los trajo a Cuba, la mayoría de ellos son así. Son polidácticos, que tienen dedos extras a lo normal que deben ser cinco dedos.

Mientras mi padre, mi madre y yo conversábamos, El Cómico, nos dijo:

—Seguro se fue a tomar a La Habana.
—Es posible —dijo mi padre— al Floridita o a la Bodeguita del Medio.
—Alfredito, llegaste y no saludaste al Cómico —dijo mi madre.
—Yo dije buenas —contesté.
—Cierto, el saludó al llegar—dijo El Cómico y continuó—. Yo vi a Hemingway en una ocasión, saliendo de la Bodeguita del Medio, pero allí no va tanto como al Floridita.
—Yo he ido pocas veces a esos lugares, no acostumbro a beber alcohol, aunque también allí se sirve comida, pero la verdad es que no los visito con frecuencia —dijo mi padre.
—Tú sabes que yo sí, por eso te puedo decir que en La Bodeguita del Medio Hemingway escribió: "mi mojito en la Bodeguita y mi daiquirí en el Floridita".
—¿Eso es cómo la bodega donde compramos los víveres? —pregunté.
—No —dijo El Cómico—es un restaurante-bar.
—¿Está en San Francisco de Paula, cerca de su casa? —pregunté.
—No hijo —dijo mi padre—, está en la Habana Vieja, en la calle Empedrado, y ha sido visitada no solo por Hemingway, también por Pablo Neruda, Errol Flynn, Nicolás Guillén, Agustín Lara y otros artistas y escritores famosos. Por San Francisco el que está es el bar El Brillante.

—Sé cuál es, he estado allí —dije.

—¿Cómo qué has estado allí, has ido a ese bar siendo un niño?— me preguntó mi padre.

—Papá, lo que pasa es, que como está en la misma acera donde tomo el ómnibus, pues lo he visto y el papá de uno de mis amiguitos siempre está allí y nos ha invitado a tomar refresco.

—No quiero volverme a enterar que entras a esos lugares, no sé cómo te han dejado pasar, eres un niño. Allí no se reúnen las mejores personas.

—Está bien papá, pero el "americano" es bueno y ha estado allí.

Hubo un silencio, nadie quería hablar, mi padre estaba molesto, hasta que El Cómico retomó el tema de Hemingway.

—He tomado el mojito, en realidad a mí me gusta más el ron fuerte y directo, el mojito tiene: azúcar, jugo de limón, yerba-buena, agua gaseada y varios pedacitos de hielo y solo como 3 onzas de ron —sonrió El Cómico al explicarlo—, yo prefiero el ron y el aguardiente de caña. Además —agregó—, a mi no me hables de esa gente que mencionaste, yo prefiero hablar del Benny Moré, Carlos Gardel, Vicentico Valdés o Lucho Gatica.

—Entonces ¡entraste a la casa de Ernest Hemingway! —exclamó mi madre.

—Sí, muy interesante —me gustaron sus historias y me gustaría ser escritor, se lo diré al "americano".

—¿Por qué se llama Vigía?—preguntó El Cómico.

—Esa finca —explicaba mi padre— fue antiguamente un puesto de vigilancia militar, en la época española, por eso el nombre Vigía. Antes de Hemingway la tenía un francés, que la usaba para arrendar. Hemingway primero vivió así y cuando se publicó uno de sus libros la compró en unos 18 mil pesos.

—¿Leíste ese libro papá?

—Sí, difícil de explicártelo, trata sobre la Guerra Civil Española, de un dinamitero y de la bella joven María. Deberías leerlo cuando seas mayorcito, se titula *Por quién doblan las campanas*.

—A tu padre le encanta esa película, yo creo que antes estaba medio enamorado de esa actriz —dijo mi madre y agregó—, ¿no escucharon como dijo?; la bella joven María.

—Isabelita, no podemos negar que Ingrid Berman, es una bonita mujer, en esa película trabaja también Gary Cooper, que es un hombre apuesto —le dijo mi padre a mi madre.

—Alfredo, Alfredo —dijo mi madre sonriendo, dirigiéndose a mi padre—, usted se fija hasta en una escoba con un vestido.

—Cualquiera que te escucha piensa que soy un mujeriego —dijo él.

—No lo eres, es bromeando contigo —expresó mi madre, retirándose a la cocina.

—Alfredo, las mayores verdades se dicen bromeando —dijo El Cómico y retomó el tema de Hemingway—. ¿Has leído alguno más del "americano"?

—Si varios, pero después del que te dije, los que más me han gustado son *"Adiós a las armas"* y *"El viejo y el mar"*.

—¿También de guerras?—pregunté.

—El primero sí, es sobre un oficial que deserta, también trata las cosas horribles de una guerra, donde los propios soldados se mutilan para no ir a combatir; y el segundo, cuenta la gran odisea de un pescador, que está como 80 días sin atrapar ni un solo pez, hasta capturar uno que estuvo mucho tiempo para pescarlo, y luego llega a la costa con solo pedazos de éste, porque los tiburones se lo fueron comiendo en el regreso. El pez era más grande que su bote.

—¿Por ese le dieron un premio importante? —pregunté.

—Sí, en realidad fueron dos —contestó—, el Premio Nobel de Literatura en el año 1954, pero el año anterior había recibido el Premio Pulitzer.

—Te diré la verdad Alfredo —dijo El Cómico— yo leí *El viejo y el mar*, no soy de leer mucho, pero lo hice por eso mismo, por haber ganado ese premio internacional, por curiosidad, no le encontré nada del otro mundo, un viejo dentro del mar día tras día y coge un pez que llega a tierra con el esqueleto. Dice mi hermana, que es profesora de un preuniversitario, que deberían haberle dado ese premio, por los libros como esos que tú dices que son de la guerra y otras temas, ¿cómo se llaman dijiste?, de campanas y armas.

—*Por quién doblan las campanas y Adiós a las armas* —dijo mi padre.

Era viernes, y estaba ansioso que llegara el otro día, para poder ir a la finca con más tiempo, entre semana apenas tenía oportunidad de ir por la distancia y el horario de clases. Al terminar las actividades escolares del día y comenzar la salida de todos los alumnos Anita se acercó a mí.

—¿Cómo estás Alfredito?
—Bien ¿y tú?
—Bien también.
—¿Podremos ir mañana a la finca?
—Yo si voy y seguro que mis amigos también, si tú quieres ir díselo a tu hermana.
—¿Pero cómo puedo saber la hora que iremos?

En ese momento, vi a Manolito y a Luisito conversando ya casi a la salida del colegio, junto a Margarita. Anita y yo nos acercamos a donde ellos se encontraban.

—Manolito, ¿a qué hora nos vemos mañana y dónde para ir a la finca? —le pregunté.
—A las diez en la entrada —me contestó.
—Mañana si no dejo de ir —dijo Margarita y agregó—, ustedes dos andan muy junticos, señalándonos a Anita y a mí.
—Ya sabes Anita, te esperamos a esa hora en el portón de la finca —le dije.
—Mañana nos vemos todos allí —dijo Luisito.
—Si tú vas Anita seguro Alfredito va también —dijo Manolito.

Una vez puestos de acuerdo, cada cual se fue a su casa con el embullo de poder estar en ese lugar tan maravilloso. No sé por qué Margarita se había referido así con relación a Anita y a mí, también Manolito.

Al amanecer del sábado, me preparé para ir a San Francisco de Paula, con tiempo suficiente para no llegar tarde a la cita. Tomaría el ómnibus porque mis padres me decían que era menos peligroso que ir en bicicleta.

Me bajé del transporte e iba caminando por la acera, acercándome a la calle que conduce de la Carretera Central a la entrada de la finca Vigía.

En una de las paradas de ómnibus, antes de llegar a dicha calle, vi al padre de Luisito. Estaba parado con una botella de bebida en una de sus manos, mientras que por la misma acera, pero en dirección contraria a la mía se acercaba la madre de Manolito. En realidad yo me oculté para no tener que saludar a ese hombre borracho, por la señora no lo hubiera hecho, aunque no olvidaba que ni siquiera nos dejó entrar a su casa a conocer la habitación de mi amigo, su hijo.

—¿Qué quieres? —preguntó ella a Luis.
—No sé por qué no me dejaste ir a tu casa a conversar —dijo él.
—¿A mi casa, tienes el cinismo, después de más de diez años sin pisar esa casa, y ahora querer ir allí?
—Yo no me fui, tú me echaste. Nunca me dejaste regresar.
—¿Qué querías, que soportara que tuvieras una amante por años?, ¿eso querías que aguantara?
—Estoy arrepentido, lo juro.
—No Luis, no has tenido el valor de enfrentar la realidad por muchos años, y vienes ahora con arrepentimientos.
—Es verdad, he sufrido mucho, ni siquiera los hermanos se conocen, no es justo.
—¡Justicia! Déjame en paz, que la menor injusticia que cometiste fue, que tú, llamándote Luis, le pusiste ese nombre al hijo

bastardo y no a tu primer hijo, al de tu matrimonio ante Dios y los hombres, al nuestro le pusiste Manolito y al otro Luisito.

Ella viró su espalda y se fue caminando. Luis se sentó en un muro del pequeño arroyuelo que pasa por debajo de la Carretera Central.

—¡Manolito y Luisito son hermanos! —dije en voz alta, tapándome, inmediatamente, mi boca.

Esa noticia era algo muy grande para mí, trataba de no pensar en eso, pues cómo entender de momento, que mi dos buenos amigos, eran hermanos y ellos no sabían nada. Preferí caminar rápido y no pensar en eso, ya que aquello, era otra historia...

Había caminado hasta el portón de la finca, por la calle que lleva por nombre Vigía, y vi cuando Manolito y Luisito venían conversando para encontrarse conmigo. Ni idea tenían que eran hermanos. Llegué hasta donde estaban ellos, y no pasaron 10 minutos cuando vimos que se acercaban Anita, Sonia y Margarita. Una vez todos reunidos entramos, pues el portón estaba abierto.

En la finca Vigía, casi ya no quedaban mangos, apenas se veían algunos en los árboles y de vez en cuando entrábamos. Ya era difícil ver al "americano". Ya adentro, cogimos unos pedazos de caña brava para hacer una especie de cañón, que se hacía con carburo lo que produce una gran explosión.

Escuchamos una voz un poco apagada que nos estaba llamando, era el "americano".

—¿Cómo han estado?, pronto me voy de viaje, qué bueno que vinieron las niñas.

Dirigimos la vista a donde él estaba, esta vez, como en el primer encuentro, estaba apoyado en el palo, que pensamos, en aquél entonces, que nos golpearía con él, por robarle sus mangos.

—Estamos bien señor —le respondí y continué—: ¿se va?
—Sí, tengo que viajar —nos dijo sin dar más explicaciones.

Manolito, Luisito y yo nos miramos, y una sensación extraña, al menos, yo sentí. Las niñas no sabían qué estaba pasando.

—Quiero que me prometan algo, aunque yo no esté acá, sigan visitando la finca.

—Se lo podemos prometer, pero una vez vinimos a entrar y alguien no nos dejó pasar, dijo que además usted no estaba —le expliqué.
—No sé por qué lo hizo, todos saben que *"mi finca es el hogar de todos los muchachos del barrio"*. Pero si un día, cuando ya yo no esté, si no los dejan entrar por la puerta principal, ya saben *"cómo entrar y por donde"*. Lo saben mejor que yo —y preguntó— ¿por dónde entraron el día cuando los sorprendí aquella vez, lo recuerdan?
—Sí, claro que sí lo recordamos —le dije, y pensé que en cualquier momento suelta que me oriné.
—Entonces, si yo no estoy, y no los dejan pasar, repito, ya saben cómo entrar y por donde —dijo el "americano".
—¿Le puedo decir algo, señor?—expresé.
—Claro que sí.
—Le dije a mis padres que cuando sea grande quiero ser escritor.
—¡Ah, ya no quieres ser piloto de guerra!
—Sí, claro que sí, porque si no soy piloto de guerra ¿cómo voy a escribir igual que usted sobre las guerras?, usted ha escrito de lo que ha vivido —le dije.

—No he escrito solo de las guerras, he vivido y escrito otras cosas, también de la pesca y de la caza, pero tienes razón porque: *Para escribir sobre la vida, ¡primero hay que vivirla!* Y si no vas a la guerra como yo, entonces escribirás de lo que vivas, aunque no podemos escribir todo lo que hemos vivido, y te digo lo que he dicho otras veces: *"Sigan escribiendo. Alguien tiene que contar esta historia; si tienen las agallas de pensar o de inspirarse, sigan escribiendo, señores".*

—¿Qué historia quiere que yo escriba señor?

—La nuestra, lo que hemos vivido acá. ¿No dices que escribirás lo que vivas? —dijo el "americano".

—¿Cuál es la nuestra? —preguntó Manolito.

—Ah ¿pero aún no saben? —sonrió el "americano" al decirlo.

—Por lo menos yo no sé —dijo Luisito.

—¿Y tú Alfredito, aún no lo sabes?—me preguntó.

Para mi sorpresa, vi que se había aprendido mi nombre. Su mirada no era la misma del león seguro de su presa acorralada, como estuvimos nosotros encima de los árboles. Se veía preocupado. Las muchachas solo escuchaban con atención.

—No señor, no sé de qué historia usted habla —le contesté.

Sonrió, puso su palo recostado a una enredadera, y con su mano tocó cada una de nuestras cabezas infantiles, incluso hasta la de las tres niñas, y entonces nos habló:

—Ya les dije, "la nuestra"—señalando con su mano en forma de círculo, refiriéndose a los siete, incluyéndose él—. Tenemos una historia, ¿no? , la que hemos vivido: los mangos, los gatos, el vecino, la guerrilla, la policía, la torre, la casa, las hormigas, todo sin dejar ningún detalle, incluso las muchachitas también. Y debe llamarse así:

Por lo menos no incluyó mi orinadera —pensé—. Recogió su palo, dio la espalda, comenzó a caminar, avanzando en dirección a su casa. A los pocos metros de pronto se viró, y dijo:

—No dejes de poner en tus escrituras, el día que te orinaste, "eso te destacará mucho en nuestra historia".

Levantó la mano con la que no se apoyaba, la movió en señal de despedida y agregó:

—Regresen, yo estaré siempre por aquí.

En esos momentos yo no sabía dónde meterme, el "americano" había fijado la idea, para siempre, del día que me oriné ante él y no perdía oportunidad de recordármelo, sé que de forma jocosa. Pienso que si el "americano" hubiera escrito un libro sobre nuestra historia, yo hubiera sido el más famoso de ***todos los muchachos del barrio.*** Inmediatamente susurré para mí:

—¡Dios, este hombre se acordó y estas niñas aquí! —me quedé helado.
—¿Qué dijo de orinarse? —preguntó Sonia.
—No sé —dijo Manolito.
—Dijo que escribieras sobre el día que te orinaste —expresó Margarita.
—Sí, así entendí yo —señaló Anita.
—¿Tú dijiste algo, Alfredito? —preguntó Luisito.
—¿Yo? ¡Nada he dicho! —respondí.
Al ver a todos mis amiguitos mirándome; Manolito y Luisito, por saber la verdad; Margarita, Sonia y Anita, por la interrogante de la expresión de Ernest Hemingway, solo se me ocurrió decir:

—Yo creo que este viejo está medio loco, ni se dé qué está hablando.

Todos observábamos como se perdía entre la vegetación. Mientras que yo pensaba: *este americano jamás me olvidará por haberme orinado... jodedor el viejo.* Ese día salimos muy tristes.

Epílogo

Continuamos visitando la finca. El "americano" seguía de viaje. Teníamos la esperanza que volviera como otras veces anteriores. Para continuar con nuestra costumbre, decidimos ir a la finca y no pudimos entrar, porque estaba vigilada por personas vestidas de militares, quienes nos dijeron fríamente cuando llegamos:

—No pueden pasar, porque Hemingway se mató de un disparo que se dio en la boca.

Los tres amigos nos quedamos muy sorprendidos, fue Luisito, quien rompió el silencio de aquel inolvidable momento, cuando preguntó:

—¿Qué hacemos?
—Lo que nos dijo nuestro amigo el "americano"—respondió Manolito.

Entonces yo exclamé: ¡YA SABEN CÓMO ENTRAR Y POR DONDE!

Foto del autor a la edad en que supo
de la muerte de Hemingway

Aspectos a destacar, anécdotas y datos de interés sobre la vida del escritor: Ernest Hemingway

Noticia de la muerte del "americano"

La noticia de la muerte del "americano", fue algo impactante, no solo en mi vida, en la de mis amiguitos también. Su muerte marcó un antes y un después. El antes; conocer a "un viejo de cabellos y barba con canas", de vocabulario raro, que interactuaba con nosotros hasta en nuestras travesuras; y el después, conocer al hombre que enfrentó una vida llena de pasajes, que supo dejar por escrito para nuestra y futuras generaciones, el legado de una leyenda extraordinaria, con amigos y enemigos, afectos y desafectos, pero ¡ahí! Por lo menos, para nosotros, *los muchachos del barrio",* fue mucho más que nuestro HÉROE, llegó a ser nuestro AMIGO.

Para verlo y estrechar su mano, o conversar con él, no tuvimos que ir a París y desde la otra acera por donde caminaba él, gritarle :"¡Maestro!" como le pasó a Gabriel García Márquez, y solo recibir por respuesta a su saludo "Adiós amigo", solo por cortesía, pues Hemingway, ni siquiera sabía quién lo había saludado; Hemingway sabía que en el grupo en el que él iba, el Maestro era él, por eso contestó. Nunca más se vieron.

No teníamos que pedir una cita, para pasar el portón de entrada, como se anunciaba en su finca, a través de la espera que tomara una llamada telefónica, para ver si era posible ser recibidos. Nosotros, abríamos el portón o brincábamos la valla, así de simple.

Errol Flynn, Gary Cooper y muchos más, tenían que coordinar citas. Manolito, Luisito y Alfredito (yo) y todos los demás *muchachos del barrio* solo teníamos que entrar a su finca y tener encuentros casuales. Sin embargo, muchos escritos en libros, revistas, prensas, etc. circulan, por más de 50 años, por el mundo entero, en muchos idiomas, con las experiencias, de los encuentros de los grandes conocidos con Ernest Hemingway, y nosotros seguimos en el anonimato, quizás si hubiéramos conocido "al ganador del Premio Nobel de Literatura del año 1954", sí estuviéramos incluido. Pero no, a quien conocimos fue al hombre que por 20 años, abrió las puertas de su propiedad para compartir y darle la categoría a su propiedad de *"el hogar de todos los muchachos del barrio"*.

De estas historias no se ha escrito mucho, me toca a mí "tener las agallas" para eso, y acá estoy cumpliendo los pensamientos y deseos de Ernest Hemingway, en nuestro último encuentro.
La muerte del "americano" abrió en mí, el sentido de reconocimiento, a quien me brindaba sus mangos y también su amistad.

El fantasma de Hemingway

Algunos vecinos de San Francisco de Paula, aseguran que de vez en cuando ven la imagen de un hombre alto y corpulento como Hemingway, vestido a su estilo, el cual aparece por los alrededores de la Vigía, con su mirada hacia atrás, hacia la carretera, a la espera de alguna mujer.

Dicen las personas que lo ven por distintas épocas del año. Otros se ríen de ese supuesto fantasma, y dicen que si fuera Hemingway, no estuviera esperando a ninguna mujer, aparecería ahí para revisar su yate, ver sus anotaciones o tomar su auto para ir al Floridita. Muchos, hasta los que se burlan, dicen que desearían poder volverlo a ver.

Yo, con honestidad, que no creo mucho en esas apariciones, cuando entraba a la finca Vigía después de su muerte, siempre sentí su presencia, no había que verlo para sentirlo, quizás por haber dejado huellas en mí. Y que, tardíamente, supe quien era. Con toda seguridad, quedaron cosas por aprender de él.

Luego de su muerte, entraba a la Vigía clandestinamente, su desaparición física abolió nuestro permiso. Al paso del tiempo, siendo ya museo lo visitaba y escuchaba a René Villarreal, dando explicaciones las cuales si eran las correctas, posteriormente tenía que soportar explicaciones vanas.

Se ha escrito mucho sobre Ernest Hemingway, que uno más lo haga, en este caso yo, no cambia su historia, tal vez la nutra un poquito más, entonces por qué no hacerlo y, no me estoy refiriendo ya a mis vivencias personales con el "americano", sino a su vida y a su muerte.

Seguramente, haya escrito ya, algunos datos en la primera parte de este libro, si lo hice fue para relacionar las experiencias vividas en aquella época con ellos, hace ya más de medio siglo, 53 años. Vale la pena repetirlas.

Alguien podrá preguntarme: ¿Por qué tanto tiempo para escribirlo? Con honestidad, ya lo hizo el periodista, escritor y poeta, quien además es el Director de la Editorial Publicaciones Entre Líneas, Pedro Pablo Pérez Santiesteban, que precisamente fui hasta su casa a regalarle unos mangos del patio de mi casa, allí me preguntó el por qué no se me había ocurrido escribir anteriormente éstas experiencias; le dije: "lo había pensado pero no realizado", entonces me contestó: "es verdad, cuando llega: llega". Precisamente porque hay recuerdos escondidos que duermen por más de 50 años y, hace muy poco despertaron, llegando a mi consciente cuando releí lo que Hemingway dijo:

"Sigan escribiendo. Alguien tiene que contar esta historia; si tienen las agallas de pensar o de inspirarse, sigan escribiendo, señores."

Y eso es lo que he hecho, cumplir sus pensamientos.

¿Muere por negligencia médica?

Hay muchas versiones sobre la muerte de Ernest Hemingway, y más basado en que era un bebedor empedernido, que sufría de bipolaridad y hasta se dice que se podía haber evitado su suicidio. Se han creado muchas leyendas y por tanto cuesta trabajo encontrar la verdad.

No hay "dudas" del hecho, se auto disparó, pero los hechos en ocasiones quedan oscuros, hasta formar la incógnita, sobre un final trágico. Aunque dicen que muchas veces ensayó, hasta delante de amigos, como lo haría, con nosotros los niños jamás habló de suicidio.

Tal como el desgate físico, por el paso de los años, es un proceso natural; el suicidio, también es un proceso que se va creando mentalmente hasta el punto de realizarse.

Lo preocupante es, que después de más de 50 años de su muerte, aún la clínica Mayo, donde recibió tratamiento, no da a la luz todos los detalles de su enfermedad, donde incluyó sesiones de electrochoque y en realidad por qué se los aplicaron. Pero ¿si hay alguna duda las autoridades no tienen la potestad de averiguar o es que éstas han participado en alguna "conspiración" para silenciar a Hemingway? Todo es posible.

Otros lo han evaluado, como dije, de bipolar, enfermedad que según algunos sufría desde niño. También cuentan que si sufrió trauma, cuando su padre, que era médico, lo llevó a practicar una cesárea. O los críticos, han vinculado su vida con sus obras, como forma de escape… es muy complejo.

También sabemos que se vincula la creatividad con la locura, entonces tendríamos que ver de qué punto de vista es cierto o se justifica su sobriedad al escribir, con frases duras, los enfrentamientos con la muerte, el héroe vencido o el contra héroe. Euforia o depresión, extremos de los bipolares y de los creadores que se encuentran pasivos, y tienen el arranque de la musa, a éstos quieren llamarlos "locos", y el desconocimiento de quién decide la sentencia final pudiendo ser irracional o justa.

Lo juzgan de vacío de amor, o de no tener sentido de la muerte, sin embargo toma justicia por su propio yo, contra su mismo yo. Algunos lo achacan a la crianza de sus padres, que se ve obligado a dejar el seno familiar muy temprano. Entonces suman todos los agravantes resultantes del desamor, bipolaridad, alcoholismo y una extraña relación con la muerte, y el resultado ya lo sabemos. Sus constantes amenazas de suicidarse, ¿no le habrán prestado la debida atención, o ciertamente hay detrás de todo esto una CONSPIRACIÓN?

Ante la enfermedad que se dice ¿fue suficientemente vigilado, o lo llevaron a ese punto para luego justificar su muerte?

Hemingway fue calificado como un aturdido, por los diversos accidentes, alcoholismo, emociones extremas, mujeres, parrandas, dolorosas imágenes de guerras, pérdidas de amigos escritores, entre otros muchísimos acontecimientos, ¿sucumbió ante las enfermedades físicas y mentales, con tratamientos excesivos? Pero eso piensan muchas personas y ¿qué tal la mente de éstas? ¿Quién ha dado el visto bueno para considerarlas aptas para decidir si estaba aturdido o satisfecho?

¿Dejarían que, nosotros, *los muchachos del barrio,* con nuestra mente fresca, con reflejos naturales, con la inocencia de la infancia, pudiéramos también dar una opinión al respecto? Daríamos una evaluación sincera, como dije en la introducción de este libro: conocer a una persona en su forma empírica, sin saber su pasado o presente, sea bueno o malo, nos da la medida de poder evaluar individualmente a cada uno, por cada uno de nosotros. Y es el caso de este "señor alto, corpulento de cabellos y barba con canas".

Sea lo que sea, júzguenlo como lo juzguen, quizás hasta de demente, los cuerdos, los razonables, lo consideran el **"Dios de Bronce de la Literatura Norteamericana".**
"No saquen más leña del árbol caído".

¿Qué decía Hemingway de la muerte?

Para Hemingway era muy natural la muerte, era un aspecto más de la vida, cuando ésta se vive al límite. Naturalmente debe haberle temido también a la muerte, pero no al extremo de considerarlo mentiroso, cuando se refería a que se burlaba de ella, creo que lo demostró en sus actividades durante toda su vida.
Cierta vez le preguntaron qué era la muerte para él y dijo:
"Una prostituta que se acuesta con todo el mundo".

Incógnitas y misterios de la muerte de Hemingway

Existen muchas versiones, que dan razones fundadas, para que Hemingway decidiera suicidarse, como:

- ➤ Pensaba que su tiempo de escritor había acabado, que no podía ya escribir.
- ➤ No aceptaba la decadencia de su cuerpo, y ciertamente tenía el hábito de pesarse por temor a cambiar de peso lo que consideraba un síntoma de enfermedad.
- ➤ Porque la revolución cubana, lo presionó a abandonar Cuba.

Sin embargo existen otras opiniones; como que, fue el Buró Federal de Investigación (FBI) y hasta el propio gobierno de Estados Unidos quien lo obligó a dejar a Cuba.

Otros opinan que, ya varios de su familia se habían suicidado y sabemos que estaba considerado como bipolar, demasiadas especulaciones.

Los que podían saber, como su última esposa: Mary Welsh y hasta la esposa de su hijo menor Gregory, Valerie Hemingway (Valerie Daby- Smith), posiblemente , nunca dijeron la verdad, incluso la viuda viajó a Cuba después de la muerte de Hemingway, y quemó documentos que solo ella sabe y jamás se sabrá. Se ha especulado mucho sobre unos documentos de Hemingway guardados en una bóveda de un banco en Cuba, se dice que si la esposa regresó y los quemó o el gobierno se quedó con ellos. Hemingway no se los llevó porque pensaba regresar. ¿En realidad, dónde están los documentos que dejó en una bóveda de un banco en Cuba, con la seguridad de su regreso? Muchas versiones. ¿O aparecerán como aquel baúl que estuvo en un hotel de París por 30 años guardados, y que un día Hemingway recuperó? De existir esos documentos, Hemingway ya no está. ¿Quién recupere esos documentos, si existieran, lo diría? Son 53 años y no se confirma nada. ¡Un misterio!

El otro misterio de que aún en la clínica Mayo, en Estados Unidos, el expediente médico de Hemingway sigue confidencial. El tratamiento de excesivos electrochoques.

Por otra parte, reconocidos académicos, relacionan la desesperación de Hemingway con el FBI, y cada día existen menos personas que crean en el suicidio de Hemingway por voluntad propia, y de ser así supieron llevarlo a ello.

Trabajaba en la búsqueda de submarinos alemanes en el Caribe, donde se sabía se reabastecían de combustible. Por eso nunca pudo desvincularse del Buró Federal de Investigaciones (FBI).

No solo la clínica Mayo, mantiene hermeticidad. En el FBI aparece en el expediente de Hemingway muchas páginas manchadas con tinta, otras tachadas por Seguridad Nacional.
Por algo Gregorio Fuentes, dijo que fue una CONSPIRACIÓN la muerte de Papa Hemingway. ¿Quién mejor que Gregorio Fuentes, para opinar sobre Ernest Hemingway? Yo también lo creo así.

Algo más sobre Ernest Hemingway

Hemingway, se convirtió en una de las personalidades extranjeras más conocidas y en una leyenda, dentro de Cuba.
Son importantísimas las fuentes legadas por el escritor, incluso hasta de las personas cercanas a él, que estén vinculadas a su vida y sus obras.

En el primer lugar que estuvo en la Habana, fue en un hotel llamado Ambos Mundos, y posteriormente se estableció en la finca Vigía, en San Francisco de Paula, Ciudad de La Habana, donde vivió los últimos años antes de irse para Idaho, Estados Unidos.

Llegó a Cuba en el año 1928, ocupando una modesta habitación de dicho hotel, volvió a irse y pasado unos años regresó de nuevo en 1933, y por tercera vez en 1934, volviendo al mismo cuarto del quinto piso de este hotel habanero. Allí fue donde comenzó a escribir su libro *Por quién doblan las campanas (For Whom the Bell Tolls)*.

Al haber sido corresponsal en la Guerra Civil Española, tuvo la oportunidad de conocer los acontecimientos, donde trata las aventuras de Robert Jordan, norteamericano que se especializa en demoliciones, ayudando a los guerrilleros antifascistas de España. Este tiene el apoyo de combatientes, donde se destaca Pilar, el desconfiable Pablo y María la inocente.

En ese tiempo, había escrito varios cuentos, destacando que el paisaje y clima de Cuba "lo llenaba de jugo".

La habitación del hotel Ambos Mundos, donde vivió un tiempo, actualmente lleva por número 511, y conserva algunos muebles donde él escribía. Había llegado a Cuba desde Francia, en un vapor llamado Orita, acompañado por su segunda esposa Pauline Pfeiffer.

Para entonces, ya había escrito *Adiós a las armas*, más bien su novela es autobiográfica, porque es sobre un norteamericano alistado en el ejército italiano, y que fue herido durante su función de chofer de ambulancia, conociendo a una enfermera inglesa de quien se enamora, hechos que le ocurrieron exactamente a Hemingway en la Primera Guerra Mundial. Esa experiencia le facilitó poder describir lugares y hechos reales, sin necesidad de usar la imaginación, convirtiéndose en una historia de amor y muerte, calificada como una de sus mejores novelas.

Había viajado muchas ciudades pero ninguna lo atrapó como La Habana, y mucho más después de una pesquería donde, se dice, capturó 19 ejemplares.

En esos años de 1934 a 1937, la situación en Cuba no era buena, y caló en Hemingway, escribiendo *Tener o no Tener* (trama en la Habana y Cayo Hueso) donde escribe lo siguiente:

"Ya sabes cómo es La Habana por la mañana temprano, con los vagabundos que duermen todavía recostados a las paredes; aun antes de que los camiones de las neverías traigan el hielo a los bares. Bien, cruzamos la plazoleta que está frente al muelle y fuimos al café La Perla de San Francisco, y había sólo un mendigo despierto en la plazoleta y estaba bebiendo agua de la fuente".

Ya para 1940, conoce la finca Vigía, y aunque no le convenía del todo, pues estaba un poco lejana de La Habana, donde prefería estar, decide vivir allí, complaciendo a su esposa de entonces. Frecuentaba el restaurant El Floridita, donde se deleitaba con el trago "daiquirí" uno de los mejores y más conocidos en Cuba. Se sentaba siempre en la primera banqueta, donde en 1954, colocaron un busto en su honor. Y después de su muerte, años más tarde pusieron uno de cuerpo entero.

Tomaba bebidas alcohólicas en cualquier momento del día, hasta más de 10 vasos, y también se llevaba uno en cada mano de regreso a su casa.

Ya en este año, tenía allí un círculo de "amigos" y en ocasiones lo acompañaban ilustres personalidades, como los actores: Errol Flynn, Gary Cooper; el famoso torero Dominguín, el boxeador Rocky Marciano y muchos más.

También acostumbraba a ir a La Bodeguita del Medio, para disfrutar conversaciones y tomar "Mojito".

En Cojímar, zona de pesca de La Habana, conoció a quien fuera su capitán del yate Pilar: Gregorio Fuentes, alias, "Pellejo duro", que fue la inspiración para el personaje, Santiago, de su libro *El Viejo y el mar*.

Se casó cuatro veces, y sus esposas fueron:

1.-Elizabeth Hadley/ 1920-1927 (un hijo: Kack, 1923)
2.-Pauline Pfeiffer/ 1927-1940 (dos hijos: Patrick, 1928
   y Gregory, 1931)
3.-Martha Gellhon/ 1940-1944
4.-Mary Welsh/ 1946-1961

Gregorio Fuentes, destino del Pilar

Hemingway, dejó el Pilar a Gregorio, para que lo cuidara como siempre, pero éste lo entregó al Estado cubano, para que formara parte del museo de la finca Vigía.

Dicen que nunca leyó *El viejo y el mar* porque apenas sabía leer y escribir.

En ese pueblo, gracias al esfuerzo de sus habitantes, se erigió una estatua a Hemingway.

Gregorio, trabajó por más de 20 años para Hemingway, y en el Pilar tuvieron una conversación privada, Hemingway le dijo:

—Viejo, los dos somos hijos de la muerte. Quiero a este barco tanto como si fuera un hijo más. No sé cómo disponer de él, pero en caso de que me pase algo, ¿tú qué harías, viejo?
—Lo sé.
—Dímelo, por favor.
—Pues lo sacaría a tierra, y lo pondría en el jardín de la finca. Y si tuviera algo de dinero, mandaría a hacer una estatua de usted sentado en una banquina, al lado del barco, con un vaso en la mano.
—Es buena idea. Si me ocurre algo, trata de hacerlo.

Por el año 1970, es llevado el Pilar, a la finca Vigía y ubicado en la antigua cancha de tenis. 2 años antes había sido reparado.
Conocedor que su salud se quebrantaba, y las hostilidades que existían entre Estados Unidos y Cuba, agradecido por los cubanos que lo respetaban y admiraban, quería tanto a Cuba y sobre todo al pueblo de Cojímar, que lo calificó "mi patria chica". Dado su

estado de salud decide, poco antes de suicidarse, dejar al pueblo cubano su finca, su biblioteca y objetos que allí guardaba, dejándole el yate Pilar a Gregorio Fuentes, para que siguiera navegando las aguas de Cuba. Gregorio (pescador) y Hemingway (escritor) llegaron a ser el uno para el otro. Aunque existe la versión de que "Papa Hemingway" y "Pellejo duro" tenían el trato de que si uno de los dos moría, el Pilar no navegaría más.

En los tiempos de pesquerías, todos querían ver el arribo del yate Pilar, y estar en el muelle para ver bajar a "Papa" pisar tierra y regresar a la finca Vigía a descansar de las largas jornadas de pescas.

Grupos de amigos compartían las exquisitas comidas de mariscos en el restaurant La Terraza.

"Papa" y "Pellejo duro" estaban unidos por la misma pasión de la pesca y el mar, fue la base de una gran carrera literaria y una leyenda. Gregorio predecía por donde pasaría el pez Aguja, la Vela, etc. Eso afirmaba Hemingway.

Después que su patrón se suicidó, jamás regresó al mar, ni tomó una caña de pescar. Siempre consideró que esa muerte fue "una conspiración" y se negaba a aceptar la realidad de la muerte de Hemingway. Gregorio, al cumplir sus 100 años de edad dijo:
"Yo no he dejado de llorar a "Papa" un solo día en todos estos años".

Su casa fue un lugar, donde muchos visitaban a escuchar historias sobre Hemingway. Llegó a vivir 104 años. Un tiempo antes de su muerte, recibió el título honorífico de Capitán de la Asociación Internacional de Pesca Deportiva (IGFA). Al recibirlo en el Club Náutico, que lleva el nombre de Ernest Hemingway, aquella leyenda viviente narró anécdotas, siempre con su inseparable tabaco.

Hemingway había escrito refiriéndose a Gregorio: *"fue una suerte encontrarlo"*.

Sobre el Museo

La casa fue construida en 1887, por el arquitecto catalán Miguel Pascual y Baguer, en una colina que fue un cuartel de vigilancia español. Ubicada en el poblado de San Francisco de Paula, a unos 15 kilómetros de La Habana. La vivienda se encuentra entre una maravillosa flora y fauna tropical, cubriendo la finca aproximadamente 4 hectáreas, con más de 500 plantas que incluyen palmeras, pinos y la inmensa variedad de mangos y otras frutas.

La finca Vigía, que fuera hogar de Hemingway por 20 años, se convirtió en museo, después de su muerte.

Yo seguí visitando la finca por varios años, pero con cuidado al entrar, porque podía ser arrestado, ya no había la seguridad del permiso del "americano". Los niños de esta época no tuvieron los mismos privilegios que nosotros.

Aunque ya no estudiaba en el Colegio Santana, seguía visitando a San Francisco de Paula, porque llegué a formar parte de un equipo de pelota de esa región, y recordarán el día que íbamos Manolito, Luisito y yo para el terreno de pelota, y casi tenemos una nueva pelea frente a El Brillante.

El museo, aunque dicen que se mantiene tal como lo dejó, eso no es cierto, faltan innumerables objetos, como por ejemplos muchas varas de pesca que estaban en la torre, la leona disecada que estaba en el último piso de dicha torre (justifican su ausencia por su deterioro), que constituía una pieza de mucho valor por estar separada de las demás. Una campanita plateada, que se encontraba en el buró donde aparece la cabeza de búfalo, y otros más. La casa de Hemingway fue objeto de vandalismo en varias ocasiones, y aún personas conservan objetos, incluyendo libros como recuerdos, otros se han lucrado de ello.

Al principio de ser museo, se permitía la entrada al interior de la casa, algo que tuvieron que suspender porque los visitantes hurtaban objetos de la misma. Solo se puede observar el interior a través de las ventanas, lo que no permite contemplar algunas de las habitaciones de la vivienda.

Mary Welsh, la viuda, había viajado a Cuba para hacer cumplir los deseos de su esposo Hemingway. Se dice que años posteriores, ella regresó por unos cuadros y el gobierno de Cuba le negó los mismos, otras versiones dicen lo contario.

Hemingway tuvo una vida de misterios aún desconocidos, incluyendo la causa de su muerte y lo que posteriormente ha acontecido con sus pertenencias. E incluso, repito, con documentos que han sido quemados.

El museo conserva colecciones de libros, cartas, todo tipo de documento que ha contribuido como fuente en sus exposiciones que permite al visitante conocer el mundo retrospectivamente de este hombre.

Han tenido que trabajar, dependiendo del volumen y variedad de objetos en la casa de Hemingway, personal muy calificado como: arquitectos, conservadores, bibliotecólogos, museólogos, hasta jardineros. Hemingway conservó todos sus objetos siendo incapaz de deshacerse de nada.

Algunas personas al tener acceso al museo, se han adjudicado el derecho absoluto de documentos y fotos, registrándolos en derechos reservados, cuando en realidad Hemingway dejó todo al pueblo cubano por lo que son de acceso libre a todo cubano.

Este museo, ha enriquecido, a través de todas las investigaciones que allí se han realizado, el conocer la obra del escritor, de la literatura de su época, su sentir espiritual, contribuyendo a la historia del arte. También con sus obras, dio a conocer el verdadero sentir de los hechos de las guerras más importantes de la historia de la humanidad. Gracias a sus participaciones en distintos hechos bélicos, se ha conocido su versión de las mismas, sobre todo como corresponsal.

En este museo, se encuentran miles de documentos, a pesar de los sustraídos y no sé si aún se mantienen unas famosas cartas de la condesita italiana Adriana Ivancich, de 19 años de edad, de la que Hemingway se enamoró perdidamente. En el *bungalow*, que estaba destinado a los hijos de Hemingway, cuando lo visitaban, estuvo ella, a quien el escritor convirtió en uno de los personajes literarios a través de Renata, en su novela: *A través del río.*

A pesar de que algunos trabajadores permanecen en ella y de los visitantes, da la impresión de estar vacío. Guarda infinidades de recuerdos, de hechos y objetos del célebre escritor norteamericano Ernest Hemingway.

Dicen que allí se paseó desnuda, Ava Gardner, considerada *"el animal más bello del mundo"*, actriz estadounidense, nominada a los premios Oscar, que trabajó junto a Burt Lancaster, en una película de drama negro, basado en una historia escrita por Hemingway: *Los asesinos.*

Es un lugar que está lleno de fábulas, ficciones y realidades. Se convirtió prácticamente en un área sagrada para Cuba, que forma parte de su cultura y, para el turismo es un bello atractivo, fuente de conocimientos para todos.

Existen muchas leyendas, sobre las apariciones de Hemingway por diferentes lugares de la finca: que si Hemingway, se ve en los alrededores, o que camina por dentro de la casa, que se le ve sentado cerca de la piscina leyendo, o parado escribiendo. El silencio de la vivienda da perpetuidad a Hemingway.

En marzo del año 2002, el ex presidente de los Estados Unidos, James Carter visitó, junto a su esposa, la casa y se comprometió a que expertos norteamericanos fueran a visitar la finca, para conjuntamente con los técnicos cubanos, restaurar el Museo. Pocos meses después se firma el acuerdo entre el Social Sciencie Research Council y el Congreso del Patrimonio Cultural de Cuba, para poder recuperar, conservar y digitalización de unos de 10,000 libros, folletos, revistas, cartas y otros documentos que Hemingway, acumuló en sus 20 años viviendo allí.

Contribuyeron económicamente, la Fundacion Rockefeller y la Fundación de Preservación Hemingway para dicho proyecto. Posteriormente existieron trabas con los fondos asignados, basados en la ley que está vigente de embargo económico a Cuba.

Otros aspectos de su vida

Hemingway, participó en la Primera Guerra mundial, como chofer de ambulancia (1918). Estuvo en el conflicto Greco-turco (1922-

1923) contratado por el Toronto Star de Canadá; en la Guerra Civil Española (1936-1939) como corresponsal de la NANA (North American Newspaper Alliance); en el conflicto chino-japonés (1941) enviado por el diario PM y tambíen en la Segunda Guerra Mundial (1941-1945) para la revista Colliers. Siendo invaluable su trabajo como corresponsal.

A lo largo de su vida, sufrió muchas heridas de todo tipo, así como enfermedades graves:

- ✓ Gravemente herido en la Primera Guerra Mundial.
- ✓ Herida fuerte, en la frente, en la habitación de París.
- ✓ Dos accidentes aéreos, en menos de dos días seguidos, herida en cabeza, contusión cerebral, segunda contusión con pérdida de fluido cerebral.
- ✓ Quemaduras de segundo grado, en piernas, torso frontal, labios, mano izquierda y antebrazo derecho, en incendio forestal.
- ✓ Dos discos intervertebrales agrietados, una ruptura hepática y renal, una dislocación del hombro y una fractura de cráneo. Accidente de coche fractura de brazo.
- ✓ Neumonía, alta presión arterial, diabetes, arteriosclerosis, depresión, visión deficiente.

Su padre y dos de sus hermanos, también murieron a través del suicidio. Las primeras noticias fueron que había muerto accidentalmente, a pesar de que su médico había declarado que murió por una herida auto infringida en su cabeza. Años después su esposa Mary, ante la prensa confirma el suicidio de Hemingway.

Para mí, y para *todos los muchachos del barrio,* la finca Vigía y aquel "señor alto, canoso y barbudo" fueron, son y serán un recuerdo imborrable que, al menos yo, deseo trasmitir a futuras generaciones y ojalá ellas hubieran podido disfrutar de ese lugar mágico y de ese "americano" que marcó un hito inconmensurable como nadie ha hecho. Aún recuerdo el camino de salida de Vigía y el rostro de Ernest Hemingway.

Testimonios

Hemingway en la isla Bimini y Cayo Hueso.
por Otto N. Espino

(Estas anécdota fueron vividas personalmente por el Capitán Brown, trasmitidas a Otto N. Espino, éste último me las hizo llegar).

El barco Pilar, construido todo de madera, y de 39 pies de eslora, es un barco espartano (pocas comodidades). Un espacio de cocina, equipado con una estufa de alcohol, literas de dormir, cargaba mucha cantidad de hielo. Para moverse tenía un motor Chrysler marino, de 6 cilindros y uno auxiliar pequeño marca Lycoming, que también le servía para usar el curricán.

Con este bote, visitaba a menudo a Las Bahamas, específicamente la Isla de Bimini. Las visitas eran anunciadas y planificadas con gran anterioridad, debido que no existían los teléfonos y radios. Una vez anunciada la visita, empezaban los preparativos en la isla. Almacenaban mucha agua potable, hielo, víveres y otros artículos en el hotel donde se hospedaba que se llamaba "Compleat Angler". El abastecimiento llegaba desde Miami en barcos de vela.

La gasolina y el aceite eran llevados desde Nassau (capital de las Bahamas) en tanques de 55 galones, pues no existían las gasolineras donde frecuentaba Hemingway. Y todo era manual siendo un trabajo agotador, aunque no eran tan a menudo las visitas de personas de la categoría de Hemingway.

Al hacer entrada en Bimini lo hacía por el muelle Compleat Angler Docks.

Con la primer persona que Hemingway se encontraba, era con Harcourt Brown, que más tarde le llamarían Capitán Brown, y se convertía en su ayudante 24 horas al día durante toda la estancia en la isla: le arreglaba su ropa, su habitación y era la última persona en ponerlo en su cama, después de haber ingerido gran cantidad de bebidas alcohólicas, para al día siguiente volver a la mar a pescar.

En el bar del hotel, donde se hospedaba, había un juego que él hizo popular, estuvo activo hasta que el hotel fue destruido por un fuego, en el año 2006. Allí pereció, entre otras personas, el hijo mayor del Capitán Brown, llamado Julián.

Este juego consistía en un cáncamo abierto en la pared y una argolla colgando de un hilo del techo, y desde una establecida distancia, la cual se marcaba con una raya en el piso, se lanzaba la argolla con el fin de que entrara en el cáncamo, el que lograra esto, ganaba.

Cuando capturaban un pez de gran tamaño, lo traían al muelle de la marina, y con una grúa lo colgaban y pesaban. En aquella época era el único lugar de la isla donde existía este tipo de facilidad. El hotel era una construcción de madera del principio del siglo XX, típica de las islas.

Cuando ya Hemingway iba de salida de la isla, era también acompañado hasta el muelle por el Capitán Brown, donde le pagaba y le daba una gran propina, monstruosa para la época, un billete de 100 dólares.

Posteriormente en el año 1973, Capitán Brown llegó a ser el dueño del hotel.

Después de la muerte de Hemingway, existía un área de exposición de innumerables fotografías dedicadas a él, donde en una de ellas, se veía a Gregorio Fuentes colgado de los pies, al lado de una gran presa para poder comparar el tamaño de la misma con él, quizás alguna réplica de esta imagen exista en algún otro lugar.

Sloppy Joe's bar en Cayo Hueso

Cayo Hueso, tiene una posición geográfica envidiable, además de su clima, vegetación tropical y las personas que lo habitan.
Para los pescadores es un paraíso, pues está cercano a las Islas de Las Bahamas, que marca el regreso de los grandes peces del Atlántico del Norte, después de desovar en el mar Caribe, lo que aparentemente influyó a Hemingway, en decidir permanecer viviendo en Cayo Hueso. Además de ser un gran pescador, era un gran bebedor de bebidas alcohólicas, asiduo concurrente al Sloppy Joe's Bar de la calle Greenne, lo que hoy en día es el Capitán Tony's Saloon.

Acabada la Segunda Guerra Mundial, Joe Russell, dueño del bar de referencia, compró la propiedad en la esquina de Duval y Greenne Streets, donde trasladó el bar; existiendo actualmente.
Las condiciones del techo interior y paredes del edificio, no eran las mejores, y la escases de materiales de construcción en la época, hacían difícil la adquisición de ellos para la reparación. En una venta de artículos de sobrantes de guerra, en la base naval de la misma zona de Cayo Hueso, el Capitán Joe compró un sin números de paracaídas, que eran de seda, usándolos para las

imperfecciones antes dicha del edificio. Lo cual le dio un aspecto diferente y agradable al lugar.

Cada vez que Hemingway visitaba este bar, decía recordar los momentos en que estuvo en la guerra al ver los paracaídas.

En una oportunidad, que Hemingway iba a salir hacia el bar, encontró un ponche en uno de los neumáticos de su automóvil, imposibilitándole salir y para asegurar que esto no se repitiera, mandó a instalar un compresor de aire. El cual en el año 1961, todavía este equipo, existía en el mismo lugar, de forma deteriorada por falta de uso, ya que entonces no vivía allí.

En este propio año, Mary, la esposa, prestó el apartamento, que se encuentra encima del garaje, donde Hemingway solía aislarse para escribir, a Henry Cartaya, de la administración del hotel Sevilla de La Habana, que era el preferido hotel de ella y donde vivió con Hemingway no por mucho tiempo. Este apartamento queda frente a la piscina de la propiedad, que se alimentaba de agua de pozo, pues en esa época que se construyó en la isla no había acueducto. Normalmente, la piscina se encontraba en sus alrededores, llena de gatos, sobre todo de los de 6 dedos, iguales a los que tuvo en la finca Vigía.

La piscina

Hemingway y sus invitados, acostumbraban a bañarse en la piscina, escasos de ropas o desnudos, lo que atraía a muchos curiosos que se ponían a ver el espectáculo, a través de una cerca de alambre.

Esto coincide con la reparación de la calle Whitehead, donde está la casa de Hemingway, que era de ladrillos, y a él se le ocurrió la brillante idea de comprar todo el material que estaban sacando para desechar, que lo mismo era medio ladrillo, que un cuarto, cualquier pedazo, los que utilizó para mandar a construir un muro por la parte de afuera de la de alambre, ambas cercas aún existen. Curiosamente el exceso de mezcla de cemento fue quitado de la parte exterior, no así por la interior, quedando incrustada la cerca de alambre y ambas perduran hasta los días de hoy.

Algunas curiosidades de Cayo Hueso en la época de Hemingway.

por OTTO N. ESPINO

La calle Whitehead, también conocida como calle Farola, era la que separaba, en aquel entonces a los de la raza blanca de la negra. Y la actual avenida Truman, que en aquella época se llamaba Division, separaba a los anglos de los no anglos.

La calle Simonton, era de madera y le decían la calle Tabla, frecuentemente Hemingway caminaba por ella. La calle Duval, era la principal y además la calle comercial más importante del pueblo y famosa, por comenzar en el Océano Atlántico y terminar en el Golfo de México. La mencionaban (hipotéticamente) como la más larga del mundo.

Entrevista en la finca Vigía por el premio Nobel

Nota: Las respuestas de Hemingway, están escritas recreando la pronunciación de él, al hablar el idioma español.

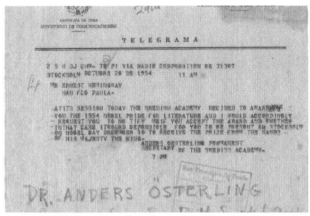

Telegrama de aviso sobre el premio

2 5 h sj chm- 70 pi via radio corporation rg 31307
Stocksolm octubre 26 de 1954   11 am
Mr Ernest Hemingway
San Fco Paula-

At its session today the swedish academy decided to award you the 1954 nobel pride for literature and i would accordingly request you to notify me if you accept the award and whether in that case it would be possible for you to be present in stocksolm on nobel bay december 10 to receive the prize from the hands of his majesty the king-

Andres Osterling Permanent
Secretary of the Swediss Academy
7PM

PERIODISTA: *Ya la teleaudiencia sabe que el escritor norteamericano, Ernest Hemingway, ha ganado el premio Nobel de Literatura. Por tratarse de una noticia importantísima para Cuba, puesto que Hemingway vive y trabaja en Cuba, nos encontramos en este momento en su finca villa Vigía en San Francisco de Paula dispuestos a interrogar al escritor Ernest Hemingway que acaba de ganar el premio más importante que se le otorga a los escritores en el mundo.*

Míster Hemingway, nosotros quisiéramos saber que ha experimentado usted, que sensación, que emoción ha tenido usted al ganar el premio Nobel de Literatura.

HEMINGWAY: *Primero experimentado, experiensado un sensación de alegría, pues, un poco más de alegría y pues, puede ser un poco más. Soy muy contento de ser el primero cubano sato a ganar este premio y alegre que han dicho los autoridades que era basado sobre un peisaje cubano que es Cojimar más o menos mí pueblo.*

PERIODISTA: *Nosotros sabemos que usted ha sido un viajero incansable a lo largo de toda su vida, que usted ha recorrido todas las partes del mundo, sin embargo usted siempre ha acabado por venir a laborar en Cuba. Incluso esta novela que le acaba a usted de premiar, tiene como fondo el paisaje cubano, nosotros queremos saber hasta qué punto Cuba, el paisaje cubano, ha influido en su creación literaria.*

HEMINGWAY: *Creo que me ha influido en el sentido de tratar de comprender la mar.*

Nosotros quee... quiérela llama la mar, pero es el mismo, pero cuando hay norte se llama de la manera femenina, a veces, pero la mar, es la gran influencia en mi vida y lo que ha tratado de hacer en la literatura, y sobre todo la mar de la costa norte de Cuba donde hay gente tan noble y más noble, que él, que yo ha tratado de describir en "El viejo y la mar" El estado Cojímar y Cojímar es una cosa seria.

Mentiras relacionadas a Hemingway

Norberto Fuentes y Gabriel García Márquez, cometieron graves errores sobre Hemingway y Martí.
(Tomado de mi primer libro *"Memorias de Abecedario"*)

Había conocido personalmente a Ernest Hemingway cuando aún era un niño y, al leer el libro escrito por Norberto Fuentes, *"Hemingway en Cuba"* sufrí una gran decepción por cuestionar a tan ilustre personalidad en cuanto a sus lecturas martianas.
En este libro, Hemingway en Cuba, editado por la Editorial Letras Cubanas, en 1984, aparece al final de la página 36 y principios de la 37 lo siguiente:

"El primer cambio sustancial se produjo de inmediato. Míster Don retiró sus grandes perros feudales que impedían el acceso de los muchachos de San Francisco de Paula a la finca. Esto lo recuerda con precisión Luis Villarreal, un hombre de 48 años en 1977, vecino de la Finca Vigía desde su nacimiento: 'Se acabó la guerra entre nosotros y los perros de Míster Don, para siempre'. La guerra era motivada por los hermosos y suculentos mangos que había en la finca y que, siguiendo una ancestral costumbre cubana, los muchachos entraban a robar durante la temporada. La presencia de Hemingway como inquilino de la finca significó de inmediato un beneficio para los muchachos del pueblo.

Muchos de ellos, ya hombres hechos y derechos, se lo agradecen" (fin de la cita).

El 4 de julio de 1985 comencé a leer ese libro y su autor hace justicia al relatar algunos sucesos en la finca Vigía, cuando siendo un niño entraba a ella con otros muchachos más y fuimos sorprendidos robando mangos.

En este propio libro, en las páginas 133 y 134, Norberto Fuentes cuestiona a Hemingway, de cómo éste se refiere a José Martí y sobre la lectura literaria del mismo, y escribe así:

A José Martí, el héroe cubano del siglo XIX, lo llamaba «el general Martí», lo cual es inusual en el país. Es cierto que Martí fue nombrado mayor general por un consejo de oficiales revolucionarios en 1895, pero en Cuba se le venera como El Maestro. A Hemingway le gustaba destacar el grado militar de Martí y afirmaba haber leído su obra literaria. «He leído textos martianos, los conozco.» (Sin embargo, el inventario de los libros de Finca Vigía arroja un resultado inquietante: no hay un solo ejemplar de los 28 tomos de la obra martiana).
(Fin de la cita).

Ciertamente, José Martí fue nombrado mayor general y que en Cuba se le venera como El Maestro, pero Norberto Fuentes olvidó o no quiso escribir cómo es la manera en que más se le conoce a José Martí en Cuba e internacionalmente, que es como "El Apóstol", terminología que se ha ido perdiendo al paso del tiempo en Cuba. Norberto Fuentes, es uno más de los que cambió cómo se le llamaba a José Martí.

Como dijera Hemingway, y me tomo la atribución de representarlo en su ausencia para repetirle a Norberto Fuentes:

"Sigan escribiendo. Alguien tiene que contar esta historia; si tienen las agallas de pensar o de inspirarse, sigan escribiendo, señores".

Yo tenía entendido, que las Obras Completas de José Martí habían comenzado a editarse a partir del año 1963, por el gobierno revolucionario, y Hemingway se quitó la vida en el año 1961, me preguntaba entonces: ¿cómo una persona podría tener algo que se editara dos años después de su muerte? Le envié una carta al Director del Centro de Estudios Martianos, Roberto Fernández Retamar, preocupado por lo que yo llamaba «error injustificable» de Norberto Fuentes, que puso en tela de juicio al Premio Nobel de Literatura Ernest Hemingway, en su declaración de que había leído los textos martianos, que los conocía.

El hecho de no encontrar las Obras Completas de José Martí, en la finca Vigía, ¿quería decir que Hemingway mintió con referencia a Martí? Es lo que daba a entender, Norberto Fuentes. ¿Qué diría de esto Gabriel García Márquez, que hizo el prólogo de ese libro?
El director de Estudios Martianos me respondió con la siguiente carta:

La Habana, 12 de octubre de 1985
"AÑO DEL TERCER CONGRESO"

Profesor Alfredo A. Ballester   Ref. CEM-217
Escuela: "27 de Noviembre"
Guanajay

Compañero:

Perdóneme, que por razones de trabajos y viajes múltiples no respondiera su carta.

Desde que en 1900 Gonzalo de Quesada y Aróstegui iniciara la publicación de la primera edición, muchas otras se sucederían, dentro y fuera de Cuba. Así pues, Hemingway tuvo muchas ocasiones de leer a Martí aun sin haber llegado a tener acceso a la edición en veintiocho volúmenes hecha después del triunfo revolucionario.

Fraternalmente,

Roberto Fernández Retamar
Director

P.S. Le envidio su anécdota de los mangos.

Norberto Fuentes, o no sabía la fecha de publicación de las Obras Completas de José Martí o no sabía la fecha de la muerte de

Ernest Hemingway después de estar estudiando, según él, la vida de Hemingway por ocho años.

Y Gabriel García Márquez, siendo Premio Nobel de Literatura, ¿qué papel jugó como prologuista de este libro, escrito por Norberto Fuentes "Hemingway en Cuba?" cuando el prologuista tiene que dominar el contenido de lo que prologa pues es quien abre las puertas del contenido de la obra. ¿Tampoco sabía lo antes destacado?

Sobre Hemingway, se ha hablado a través de diferentes medios, tanto de su vida como de su obra. La Internet, es uno de esos canales de información, donde se pueden encontrar diferentes lecturas, sin embargo, en mi opinión, no todo lo que se escribe es cierto, para ello enumero a continuación algunos detalles falsos, que aparecen en el Blog: Una hoguera para que arda Goya:

1.- La máquina de escribir no se conserva en la torre de la propiedad, sino en el área de trabajo que es en su propio dormitorio personal, no el matrimonial.
2.- El telescopio, no era en realidad utilizado para observar a su yate, ya que el mismo permanecía en Cojímar.
3.- La estatua de bronce se encuentra en el Floridita, y no en la Bodeguita del Medio.
4.- La medalla por el Premio Nobel, no fue entregada a ninguna iglesia de San Francisco de Paula, sino a la Iglesia de la Virgen de la Caridad del Cobre en la provincia de Oriente.
5.- Lo que conserva en el baño no son embriones de iguanas. Uno, es un lagarto, que se enfrentó con uno de sus gatos, y estando mal herido, Hemingway trató de salvarlo y no pudo. El otro es un sapo que unos niños golpearon y tampoco pudo salvarlo.

6.- La casa o refugio, como explica el blog, no fue pagada con los derechos de "El viejo y el mar" este libro se publicó 12 años después de la compra de la Vigía.

7.-Nunca escribió ni de pie ni sentado en la torre.

Temores de Hemingway

- ❖ Temía estar solo, hasta que aprendí a quererme a mí mismo.
- ❖ Temía fracasar, hasta que me di cuenta que únicamente fracaso cuando no lo intento.
- ❖ Temía lo que la gente opinara de mí, hasta que me di cuenta que de todos modos opinan.
- ❖ Temía me rechazaran, hasta que entendí que debía tener fe en mí mismo.
- ❖ Temía al dolor, hasta que aprendí que éste es necesario para crecer.
- ❖ Temía a la verdad, hasta que descubrí la fealdad de las mentiras.
- ❖ Temía a la muerte, hasta que aprendí que no es el final, sino más bien el comienzo.
- ❖ Temía al odio, hasta que me di cuenta que no es otra cosa más que ignorancia.
- ❖ Temía al ridículo, hasta que aprendí a reírme de mi mismo.
- ❖ Temía al pasado, hasta que comprendí que es solo mi proyección mental y ya no puedo herirme más.
- ❖ Temía a la oscuridad, hasta que vi la belleza de la luz de una estrella.
- ❖ Temía al cambio, hasta que vi que aún, la mariposa más hermosa, necesita pasar por una metamorfosis antes de volar.

❖ Hagamos que nuestras vidas cada día, tengan más vida, y si nos sentimos desfallecer no olvidemos que al final siempre hay algo más.

❖ Hay que vivir ligero, porque el tiempo de morir está fijado.

❖ Temía hacerme viejo, hasta que comprendí, que ganaba sabiduría día a día.

Pensamientos de Hemingway

•El hombre que ha empezado a vivir seriamente por dentro, empieza a vivir más sencillamente por fuera.

•Un hombre de carácter podrá ser derrotado, pero jamás destruido.

•Un idealista es un hombre que, partiendo de que una rosa huele mejor que una col, deduce que una sopa de rosas tendría también mejor sabor.

•El secreto de la sabiduría, del poder y del conocimiento es la humildad.

•Se necesitan dos años para aprender a hablar y sesenta para aprender a callar.

•La gente buena, si se piensa un poco en ello, ha sido siempre gente alegre.

•Quédate siempre detrás del hombre que dispara y delante del hombre que está cagando. Así estás a salvo de las balas y de la mierda.

•Ahora: una palabra curiosa para expresar todo un mundo y toda una vida.

•Si ganamos aquí ganaremos en todas partes. El mundo es un hermoso lugar, vale la pena defenderlo y detesto dejarlo.

•La moral es lo que hace a uno sentirse bien y lo inmoral es lo que hace a uno sentirse mal.

•Jamás penséis que una guerra, por necesaria o justificada que parezca, deja de ser un crimen.

•Conocer a un hombre y conocer lo que tiene dentro de la cabeza, son asuntos distintos.

•La obra clásica es un libro que todo el mundo admira, pero que nadie lee.

•El hombre tiene corazón, aunque no siga sus dictados.

•Un rico es diferente al que no lo es: tiene más dinero.

•Intenta comprender, no eres un personaje de tragedia.

•Es moral lo que hace que uno se sienta bien, inmoral lo que hace que uno se sienta mal. Juzgadas según estos criterios morales que no trato de defender, las corridas de toros son muy morales para mí.

•Cada día es un nuevo día. Es mejor tener suerte. Pero yo prefiero ser exacto. Luego, cuando venga la suerte, estaré dispuesto.

•Sólo existen tres deportes: el toreo, las carreras de coches y el montañismo. El resto son simples juegos.

•Sin duda, no hay cacería como la caza de hombres y aquellos que han cazado hombres armados durante el suficiente tiempo y les ha gustado, en realidad nunca se interesarán por nada.

•Al oír un eco muchos creen que el sonido proviene de él.

Obras de Hemingway

Tomado de: Ernest Hemingway- Wikipedia, la enciclopedia libre
es.wikipedia.org/wiki/Ernest_Hemingway

NOVELAS

(1926) The Torrents of Spring, Aguas primaverales
(1926) The Sun Also Rises, Fiesta
(1929) A Farewell to Arms, Adiós a las armas

(1937) To Have and Have Not, Tener y no tener
(1940) For Whom the Bell Tolls, Por quién doblan las campanas
(1950) Across the River and into the Trees, Al otro lado del río y entre los árboles
(1952) The Old Man and the Sea, El viejo y el mar
(1970) Islands in the Stream, Islas en el golfo [o Islas a la deriva]
(1986) The Garden of Eden, El Jardín del Edén
(1999) True at First Light, Al romper el alba

NO FICCIÓN

(1932) Death in the Afternoon, Muerte en la tarde
(1935) Green Hills of Africa, Verdes colinas de África
(1962) Hemingway, The Wild Years
(1964) A Moveable Feast, París era una fiesta
(1967) By-Line: Ernest Hemingway, Enviado especial
(1970) Ernest Hemingway: Cub Reporter
(1985) The Dangerous Summer, El verano peligroso
(1985) Dateline: Toronto, Publicado en Toronto, 1920-1924
(2005) Under Kilimanjaro

CARTAS

(1981) Ernest Hemingway Selected Letters 1917–1961
(2011) The Cambridge Edition of the Letters of Ernest Hemingway
(2011) The Letters of Ernest Hemingway: Volume 1, 1907-1922
Antologías
(1942) Men at War: The Best War Stories of All Time, Hombres en guerra (editor, con introducción de Hemingway, aunque no es un contribuyente mayor de la antología.)

RECOPILACIONES

(1923) Three Stories and Ten Poems, Tres relatos y diez poemas
(1925) In Our Time, En nuestro tiempo
(1927) Men Without Women, Hombres sin mujeres
(1933) Winner Take Nothing, El ganador no se lleva nada
(1938) The Fifth Column and the First Forty-Nine Stories, La quinta columna y los primeros cuarenta y nueve relatos
(1947) The Essential Hemingway
(1961) The Snows of Kilimanjaro and Other Stories, Las nieves del Kilimanjaro
(1969) The Fifth Column and Four Stories of the Spanish Civil War, La quinta columna y cuatro historias de la guerra civil española
(1972) The Nick Adams Stories, Nick Adams
(1979) 88 Poems, 88 poemas
(1979) Complete Poems
(1984) The Short Stories of Ernest Hemingway
(1987) The Complete Short Stories of Ernest Hemingway
(1995) The Collected Stories
(1999) Hemingway on Writing
(2000) Hemingway on Fishing
(2003) Hemingway on Hunting
(2003) Hemingway on War
(2008) Hemingway on Paris

ADAPTACIONES

Adaptaciones cinematográficas de los Estados Unidos/Reino Unido
(1932) Adiós a las armas (con Gary Cooper, Helen Hayes)
(1943) Por quién doblan las campanas (con Gary Cooper, Ingrid Bergman)
(1944) Tener y no tener (con Humphrey Bogart, Lauren Bacall)

(1946) Forajidos (con Burt Lancaster)
(1947) The Macomber Affair (con Gregory Peck, Joan Bennett)
(1950) The Breaking Point (con John Garfield, Patricia Neal)
(1950) Under My Skin (con John Garfield)
(1952) Las nieves del Kilimanjaro (con Gregory Peck, Susan Hayward)
(1957) Adiós a las armas (con Rock Hudson, Jennifer Jones)
(1957) Fiesta (con Tyrone Power, Ava Gardner)
(1958) El viejo y el mar (con Spencer Tracy)
(1962) Hemingway's Adventures of a Young Man (con Richard Beymer)
(1964) The Killers (con Lee Marvin)
(1977) Islas en el golfo (con George C. Scott)
(2008) The Garden of Eden (con Mena Suvari, Jack Huston)

PRODUCCIONES DE TELEVISIÓN

(1959) For Whom the Bell Tolls Playhouse 90 (con Jason Robards, Jr., Maria Schell)
(1959) The Killers CBS Buick Electra Playhouse (con Ingemar Johansson, Diane Baker)
(1960) The Fifth Column CBS (con Richard Burton, Maximilian Schell)
(1960) The Snows of Kilimanjaro CBS (con Robert Ryan, Ann Todd)
(1960) The Gambler, the Nun, and the Radio CBS (con Richard Conte, Eleanor Parker)
(1960) After the Storm (not completed)
(1965) For Whom the Bell Tolls BBC (con John Ronane, Ann Bell)
(1979) My Old Man (con Warren Oates, Kristy McNichol)
(1984) The Sun Also Rises 20th Century Fox (con Hart Bochner, Jane Seymour)

(1990) El viejo y el mar (con Anthony Quinn)

OTRAS ADAPTACIONES CINEMATOGRÁFICAS

(1956) The Killers (dirigida por Andrei Tarkovsky)
(1999) El viejo y el mar (dirigida por Aleksandr Petrov)

Sobre el autor

Nació en Marianao, La Habana, Cuba.

Fue reclutado por el Servicio Militar Obligatorio (S.M.O.) en la Unidad Militar # 3075, Colinas de Villarreal, Escuela de Especialista de Tanque y Transporte, graduándose de Conductor Mecánico. Ejerciendo el cargo de Instructor.

Cursó estudios autodidácticos de Derecho Penal y Magisterio, recibiendo de parte del Dr. Aramís Taboada González el título de Máster en Derecho Penal. Graduado de nivel Medio Superior en Planificación y Finanzas y Técnico de Mantenimiento Preventivo Planificado (M.P.P.) «A».

AUTOR DE LOS LIBROS:

❖ Memorias de Abecedario (Ex condenado a muerte y presidiario en Cuba).

❖ Dr. Aramís Taboada González (Escritos, poesías y testimonios).
❖ Entre el AMOR y la AMISTAD (*Era la única Posibilidad*), en la actualidad nominado al Premio de Literatura Carmenluisa Pinto.
❖ Adiós amor, volveré a ti.

HA RECIBIDO LOS SIGUIENTES RECONOCIMIENTOS:

—Diploma de nominación Premio de Literatura en Español, Voces de Hoy 2011, por el libro Memorias de Abecedario.
—Diploma de Mérito del X Concurso de Poesía Internacional Lincoln-Martí 2012.
—Diploma de Reconocimiento, por *prestigioso autor de libros,* por el Centro de Cultura Unesco (Asociación Puertorriqueña de la Unesco) en el año 2013.
—Carta de Reconocimiento de la Congresista de los Estados Unidos Ileana Ross-Lehtinen, en el año 2013, por el libro Memorias de Abecedario.
—Carta de reconocimiento del Senador de los Estados Unidos Marco Rubio, en el año 2013, por el libro Memorias de Abecedario.
—Diploma de Mérito del XII Concurso de Poesía Lincoln-Martí 2014.

En la actualidad es miembro del Partido Ortodoxo del Pueblo Cubano, miembro de la Academia Cubana de la Historia en el extranjero y de American Federation of Police & Concerned Citizens.

Galería de fotos del libro
Ernest Hemingway
¿y los muchachos del barrio

Visitors Received only by appointment
Se prohíbe entrar terminante sin previa audiencia
Anuncio en la entrada de finca Vigía
Portón de entrada de la finca Vigía en la época que vivió Hemingway en la misma.

Entrada de la finca Vigía. Museo en la actualidad.

Ceiba original en la entrada de la casa de Hemingway en la finca Vigía. De la cual el jardinero cortó un pedazo de raíz, ordenado por la esposa de Hemingway, y tuvo que salir huyendo con raíz en mano por una de las ventanas al ser sorprendido por Hemingway con una escopeta.

Entrada principal de la casa de la finca Vigía, ya museo.

Calle lateral izquierda de la Finca Vigía. Por ella nos alejábamos de la entrada para brincar el muro y entrar a coger mangos cuando no estábamos autorizados a ello.

Calle lateral derecha de la finca Vigía, zona por la cual escapamos en una ocasión cuando el vecino venía a buscarnos por tirar piedras a su propiedad, dejando mi bicicleta oculta en las cañas bravas.

Parte lejana del muro finca Vigía,
por donde brincábamos para no ser vistos.

The Villarreal boys and their friends playing baseball at the Finca Vigía, ca. 1940.

Área donde jugaba pelota el equipo creado por Hemingway
"Las Estrellas de Gigi".

Arboleda que servía de camuflaje para entrar y salir sin ser vistos.

Torre de la casa finca Vigía y su escalera de caracol.

Casa de la finca Vigía frente a la torre.

Subida de la torre en la finca Vigía.

Subida de la torre.

Vista de la arboleda desde lo alto de la torre.

Poca visibilidad desde lo alto de la torre.

Árbol de mangos finca Vigía.

Área de pinos donde nos sentábamos a comer mangos.

Área interior de la finca Vigía, donde peleamos entre muchachos.

Área interior de la finca Vigía donde estaba el hormiguero.

Área más despejada del interior de la finca Vigía.

Área detrás de la casa.

Área detrás de la casa.

Habitación del último piso de la torre, donde Hemingway tenía a esta leona apartada de su colección de animales, por haber sido una asesina. Fue cazada por él.

Cementerio de perros.

Áreas de cañas bravas donde oculté la bicicleta el día que le tiramos piedra al vecino de Hemingway.

Área boscosa, del interior de la finca Vigía,
donde nos ocultábamos para tirarle piedras al vecino de Hemingway.

Una de las áreas de jardines.

René Villarreal y Hemingway
con los gallos finos de pelea.

Piscina y merendero de la finca Vigía, donde acostumbraba a leer Hemingway, y lugar donde lo encontrábamos con frecuencia y conversábamos con él.
Fue el lugar donde lo vimos por última vez, apoyando en una de las enredaderas el palo que traía en su mano, antes de pasar una de sus manos por nuestras cabezas.

Reclinable guardado en el cuarto de desahogo de la piscina.

Vivienda destinada a hijos e invitados de Hemingway.

Hemingway saliendo de la finca Vigía.

Interior de la casa.

Corrida de toros.   Interior de la casa.

Asiento preferido, el cual si lo brindaba no se sentaba en ninguno de los otros, por larga que fuera la visita, permanecía de pie.

Revistero.

Bar personal de Hemingway.

Dormitorio matrimonial.

Habitación donde escribía y dormitorio.

Vista del área de trabajo y dormitorio al buró.

Falta la campanita en el buró que se encontraba al lado de las fotografías que hay debajo del cristal. Desapareció.

Antílope.

Lagarto y sapo conservados en el baño.

Anotaciones en la pared y equipo de pesaje.

Sanitario.

Armario con trajes, botas militares, etc.

Comedor de la casa.

Vista del interior de la casa.

Vista del interior de la casa.

Vista del interior de la casa.

Vista del interior de la casa.

Vista del interior de la casa.

Vista del interior de la casa.

Vista del interior de la casa.

Yate Pilar en la finca Vigía.

Yate Pilar en la finca Vigía.

Camino de salida de la finca Vigía.

Área despejada de salida de la finca Vigía.

Salida de la Finca Vigía.

Calle de salida de la finca Vigía hacia la Calzada.

Calle de la Calzada a la finca Vigía y para la casa de Luisito.

Entronque de calle Vigía y la Calzada de Güines (Carretera Central) de San Francisco de Paula hacia
La Habana.

Entronque de calle Vigía y la Calzada de Güines (Carretera Central) de San Francisco de Paula hacia El Cotorro.
Parada de ómnibus donde me bajaba cuando iba del Cotorro a finca Vigía.

Placa del Museo en finca Vigía, Cuba.

Entrada al Cotorro.

Entrada a San Francisco de Paula.

Antigua propiedad del vecino de Hemingway, Steinhart, donde posteriormente la convirtieron en una escuela secundaria básica urbana (Fernando Chenard Piña, ex asaltante del cuartel Moncada, fallecido posteriormente en calidad de detenido).

Antigua propiedad del vecino de Hemingway, Steinhart, donde posteriormente
la convirtieron en una escuela secundaria básica urbana
(Fernando Chenard Piña).

Panecitos de San Francisco. A la izquierda era donde se encontraba el Colegio Santana.

Escuela secundaria básica Fernando Chenard Piña, antigua finca Stinger, donde estaba la propiedad de la familia Steinhart.

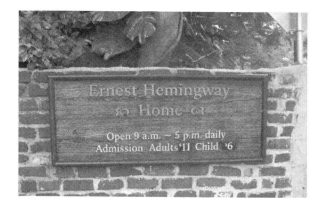

Placa del museo de la casa de Hemingway en Cayo Hueso.

Casa de Hemingway en Cayo Hueso.

Apartamento sobre el garaje de la casa
de Hemingway en Cayo Hueso.

Parte interior de la casa de Hemingway en Cayo Hueso.

Gatos descendientes de la época de Hemingway (Cayo Hueso).

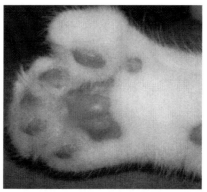

Gato de seis dedos.

Muro interior de la casa de Hemingway en Cayo Hueso.

Muro interior de la casa de Hemingway en Cayo Hueso.

Muro exterior de la Casa de Hemingway en Cayo Hueso.

Entrada a la casa de Hemingway en Cayo Hueso, Museo.

El Faro en la calle donde está la casa de Hemingway en Cayo Hueso.

Actual Capt. Tony's Saloon, antiguo Sloppy Joe's en Cayo Hueso.

Actual Sloppy Joe's bar en Cayo Hueso.

Salida y alineamiento de los yates por la Bahía de la Habana
para comenzar competencia de pesca.

Hemingway en la parte alta del yate Pilar.

Gregorio Fuentes y Hemingway.

Hemingway en el yate Pilar de pesquería.

Yate Pilar entrando en la Bahía de La Habana.

Hemingway de cacería en África, frente a un enorme rinoceronte.

Elizabeth Hdley Richardson, primera esposa de Hemingway.

Paulina Pfeiffer, segunda esposa de Hemingway.

Martha Gellhorn, tercera esposa de Hemingway.

Mary Welsh, cuarta esposa de Hemingway.

Adriana Ivancich y Hemingway.

René Villarreal mayordomo de la finca Vigía.

Periodista Campoamor y Hemingway.

Errol Flynn y Ernest Hemingway.

Entrevista en la finca Vigía por el premio Nobel.

Entrevista en la finca Vigía por el premio Nobel.

Gary Cooper y Hemingway en el Floridita.

Homenaje a Hemingway por el premio Nobel,
en la cervecería Hatuey en el Cotorro.

Hemingway con Gregorio Fuentes.

Padres de Alfredito (autor del libro).

Restaurant La terraza, Cojímar. Cuba.
Donde frecuentaba Hemingway.

Hotel Ambos Mundos en La Habana.

Habitación 511 hotel Ambos Mundos.

Iglesia de la Caridad del Cobre, Patrona de Cuba, donde se encuentra la medalla del premio Nobel de Literatura de Hemingway.

Hemingway en la Bodeguita del Medio, Habana Vieja.

Busto de Hemingway en el Floridita.

Estatua de Ernest Hemingway en Cojímar.

Ernest Hemingway, en una lectura refrescante…

Índice

Algunos de los títulos de Entre Líneas

La palabra en mi silencio de Pedro Pablo Pérez Santiesteban.
Cuento y poesía.

Delirios de Pedro Pablo Pérez Santiesteban. Poesía.

Amor con amor… ¿se paga? de Margarita Polo. Cuento.

Persecución implacable de Lorenzo Reina. Novela.

¿Por qué me corto las venas? de María de los Ángeles
Morejón. Novela.

Antología del silencio o Crónicas cubanas
de Carmenluisa Pinto. Poesía

Poesías y cartas. Rituales de Gioconda Carralero Dominicis.
Poesía.

La pasión según Gregorio Samsa de Manuel García Verdecia.
Poesía.

Dos sentimientos del alma de Lissette Alea y Lydia Alea.
Poesía.

Rumor de alas de Arelys Bazán García.
Poesía.

Dr. Aramís Taboada González de Alfredo A. Ballester.
Poesía y Narrativa.

El guardián y la sociedad de los cuervos de Esteban de la
Fuente. Novela.

Cosas mías de Beatriz Recasens. Poesía.

Patriotas holguineros de Constantino Pupo Aguilera.
Historia.

Mi compinche de Margarita Polo. Narrativa.

Viaje a través de los espejos de Alexis Garabito Pérez. Poesía

El amor no se define... se hace de Pedro José Rojas
González. Poesía

Mariposas nocturnas de Nelson Jiménez Vivero. Poesía

Curiosidades de los microorganismos marinos de María
Elena Miravet Regalado. Científico Técnico.

Claudio y la soledad de Vicente Raúl García Huerta. Novela.

Títere del mal de Esteban de la Fuente. Novela.

La noche de los lobos de Arelys Bazán García. Novela.

Sueños de Ramón Pérez. Poesía.

PD: aún hay tiempo de Dago Sásiga. Poesía.

Vuelta en la casa de empeño de Mauricio Fernández. Poesía.

Efemérides de Manuel González Beceña. Compilación.

Apuntes de Pedro Pablo Pérez Santiesteban. Poesía.

Estos Cyranos que caminan por Mallorca
de Dany Crosby Baez. Poesía.

Entre el amor y la amistad. Era la única posibilidad
de Alfredo A. Ballester. Narrativa.

Sagradas Pasiones de Arístides Vega Chapú. Poesía.

Alma, pluma y verso de Azucena Ordoñez Rodas. Poesía.

Visión del mediodía de Ernesto Ravelo. Poesía.

Viviré del aire de Manuel Salinas. Poesía.

La cosecha de Félix Anesio. Poesía.

El discreto encanto de los oficios de Arístides Vega Chapú.
Poesía.

Pensando en los peces de colores de Sergio García Zamora.
Poesía.

Qué te parece si te cuento de Rolando Lorié Rodríguez.
Cuento.

Amor desnudo de Miguel F. Socarrás.

Poesia.

Adiós amor, volveré a ti de Alfredo A Ballester. Narrativa.
Hágase mi voluntad de Alberto Reyes Pías.
Narrativa/Testimonio.
Las otras ciudades de Arístides Vega Chapú.
Poesía.
Cómo se vive sin ti de Margarita Polo. Narrativa.
Alejandro Dumas de Manuel Galguera. Narrativa.
Miedos de Humberto Tabares. Narrativa.
En el pensamiento de Meñique de Tomás David González.
Narrativa.
Una mujer llamada mentira. Despertar de Margarita Polo.
Narrativa.
Del otro lado de las costas de Pedro Pablo Pérez
Santiesteban. Narrativa.
Ernest Hemingway y los muchachos del barrio de Alfredo A.
Ballester. Narrativa.

Made in the USA
Charleston, SC
25 October 2016